안녕하세요,
안妞哈誰呦！
您好

我的菜韓文

生活會話篇

雅典韓研所｜企編

超強中文發音輔助！！

一本在手，讓你立即開口說韓語

即使你還不熟悉韓語40音
也能講出一口流利的韓語！

+ MP3

附40音發音表！

韓文字是由基本母音、基本子音、複合母音、氣音和硬音所構成。

其組合方式有以下幾種：

1. 子音加母音，例如：저(我)
2. 子音加母音加子音，例如：밤（夜晚）
3. 子音加複合母音，例如：위（上）
4. 子音加複合母音加子音，例如：관（官）
5. 一個子音加母音加兩個了音，如：값（價錢）

簡易拼音使用方式：

1. 為了讓讀者更容易學習發音，本書特別使用「簡易拼音」來取代一般的羅馬拼音。
   規則如下，
   例如：
   그러면 우리 집에서 저녁을 먹자.
   geu.reo.myeon/u.ri/ji.be.seo/jeo.nyeo.geul/meok.jja
   ----------普遍拼音
   geu.ro*.myo*n/u.ri/ji.be.so*/jo*.nyo*.geul/mo*k.jja
   ------------簡易拼音
   那麼，我們在家裡吃晚餐吧！

   文字之間的空格以「/」做區隔。
   不同的句子之間以「//」做區隔。

基本母音：

	韓國拼音	簡易拼音	注音符號
ㅏ	a	a	ㄚ
ㅑ	ya	ya	ㄧㄚ
ㅓ	eo	o*	ㄜ
ㅕ	yeo	yo*	ㄧㄜ
ㅗ	o	o	ㄡ
ㅛ	yo	yo	ㄧㄡ
ㅜ	u	u	ㄨ
ㅠ	yu	yu	ㄧㄨ
ㅡ	eu	eu	(ㄜ)
ㅣ	i	i	ㄧ

特別提示：

1. 韓語母音「ㅡ」的發音和「ㄜ」發音有差異，但嘴型要拉開，牙齒快要咬住的狀態，才發得準。
2. 韓語母音「ㅓ」的嘴型比「ㅗ」還要大，整個嘴巴要張開成「大O」的形狀，
   「ㅗ」的嘴型則較小，整個嘴巴縮小到只有「小o」的嘴型，類似注音「ㄡ」。
3. 韓語母音「ㅕ」的嘴型比「ㅛ」還要大，整個嘴巴要張開成「大O」的形狀，
   類似注音「ㄧㄜ」，「ㅛ」的嘴型則較小，整個嘴巴縮小到只有「小o」的嘴型，類似注音「ㄧㄡ」。

基本子音：

	韓國拼音	簡易拼音	注音符號
ㄱ	g,k	k	ㄎ
ㄴ	n	n	ㄋ
ㄷ	d,t	d,t	ㄊ
ㄹ	r,l	l	ㄌ
ㅁ	m	m	ㄇ
ㅂ	b,p	p	ㄆ
ㅅ	s	s	ㄙ,(ㄒ)
ㅇ	ng	ng	不發音
ㅈ	j	j	ㄗ
ㅊ	ch	ch	ㄘ

特別提示：

1. 韓語子音「ㅅ」有時讀作「ㄙ」的音，有時則讀作「ㄒ」的音。「ㄒ」音是跟母音「ㅣ」搭在一塊時，才會出現。
2. 韓語子音「ㅇ」放在前面或上面不發音；放在下面則讀作「ng」的音，像是用鼻音發「嗯」的音。
3. 韓語子音「ㅈ」的發音和注音「ㄗ」類似，但是發音的時候更輕，氣更弱一些。

氣音：

	韓國拼音	簡易拼音	注音符號
ㅋ	k	k	ㄎ
ㅌ	t	t	ㄊ
ㅍ	p	p	ㄆ
ㅎ	h	h	ㄏ

特別提示：

1. 韓語子音「ㅋ」比「ㄱ」的較重，有用到喉頭的音，音調類似國語的四聲。
   ㅋ＝ㄱ＋ㅎ
2. 韓語子音「ㅌ」比「ㄷ」的較重，有用到喉頭的音，音調類似國語的四聲。
   ㅌ＝ㄷ＋ㅎ
3. 韓語子音「ㅍ」比「ㅂ」的較重，有用到喉頭的音，音調類似國語的四聲。
   ㅍ＝ㅂ＋ㅎ

複合母音：

	韓國拼音	簡易拼音	注音符號
ㅐ	ae	e*	ㄝ
ㅒ	yae	ye*	ㄧㄝ
ㅔ	e	e	ㄟ
ㅖ	ye	ye	ㄧㄟ
ㅘ	wa	wa	ㄨㄚ
ㅙ	wae	we*	ㄨㄝ
ㅚ	oe	we	ㄨㄟ
ㅞ	we	we	ㄨㄟ
ㅝ	wo	wo	ㄨㄛ
ㅟ	wi	wi	ㄨㄧ
ㅢ	ui	ui	ㄛㄧ

特別提示：

1. 韓語母音「ㅐ」比「ㅔ」的嘴型大，舌頭的位置比較下面，發音類似「ae」；「ㅔ」的嘴型較小，舌頭的位置在中間，發音類似「e」。不過一般韓國人讀這兩個發音都很像。

2. 韓語母音「ㅒ」比「ㅖ」的嘴型大，舌頭的位置比較下面，發音類似「yae」；「ㅖ」的嘴型較小，舌頭的位置在中間，發音類似「ye」。不過很多韓國人讀這兩個發音都很像。

3. 韓語母音「ㅚ」和「ㅞ」比「ㅙ」的嘴型小些，「ㅙ」的嘴型是圓的；「ㅚ」、「ㅞ」則是一樣的發音。不過很多韓國人讀這三個發音都很像，都是發類似「we」的音。

硬音：

	韓國拼音	簡易拼音	注音符號
ㄲ	kk	g	ㄍ
ㄸ	tt	d	ㄉ
ㅃ	pp	b	ㄅ
ㅆ	ss	ss	ㄥ
ㅉ	jj	jj	ㄗ

特別提示：

1. 韓語子音「ㅆ」比「ㅅ」用喉嚨發重音，音調類似國語的四聲。
2. 韓語子音「ㅉ」比「ㅈ」用喉嚨發重音，音調類似國語的四聲。

*表示嘴型比較大

Part1 日常禮儀篇

Part2 發問徵詢篇

Part3 請求協助篇

Part4 逛街購物篇

Part5 餐廳用餐篇

Part6 日常生活篇

Part7 聊天話題篇

Part8 韓語溝通篇

Part9 必備韓語短句

附錄

PART 1

日　常
禮　儀　篇

안녕하세요.
安妞哈誰呦
an.nyo*ng.ha.se.yo
您好。

會話

Track 007

A
안녕하세요.
安妞哈誰呦
an.nyo*ng.ha.se.yo
您好。

B
안녕하세요. 어디 가세요?
安妞哈誰呦 喔滴 咖誰呦
an.nyo*ng.ha.se.yo//o*.di/ga.se.yo
您好。你要去哪裡？

A
회사에 가요.
灰沙耶 卡呦
hwe.sa.e/ga.yo
去上班。

會話

A
안녕하세요. 출근하십니까?
安妞哈誰呦 出兒跟哈新你嘎
an.nyo*ng.ha.se.yo//chul.geun.ha.sim.ni.ga
您好，要去上班嗎？

B
안녕하세요. 저는 지금 시장에 가는 길이에요.
安妞哈誰呦 醜能 妻跟 西髒耶 卡能 妻里耶呦
an.nyo*ng.ha.se.yo//jo*.neun/ji.geum/si.jang.e/
ga.neun/gi.ri.e.yo

您好。我現在正要去市場。

相關

여러분, 안녕하십니까?
優囉部 安妞哈新你嘎
yo*.ro*.bun//an.nyo*ng.ha.sim.ni.ga
大家好。

좋은 아침입니다.
醜嗯 啊親米你答
jo.eun/a.chi.mim.ni.da
早安。

안녕.
安妞
an.nyo*ng
你好。

오늘은 일찍 왔네요.
喔呢冷 一兒寄 哇內呦
o.neu.reun/il.jjik/wan.ne.yo
您今天很早呢！

오늘도 날씨가 좋네요.
喔呢豆 那兒西嘎 醜內呦
o.neul.do/nal.ssi.ga/jon.ne.yo
今天天氣也很不錯呢！

내일 또 봐요.
勒一兒 豆 怕呦
ne*.il/do/bwa.yo
明天見。

會 話

Track 008

다른 일이 있어서 먼저 가보겠습니다.
他愣 一里 衣搜搜 盟奏 卡頗給森你答

A da.reun/i.ri/i.sso*.so*/mo*n.jo*/ga.bo.get.sseum.
ni.da
我有別的事情，要先離開了。

그럼, 다음에 뵙겠습니다.
科隆 踏恩妹 配給森你答

B geu.ro*m//da.eu.me/bwep.get.sseum.ni.da
那麼我們下次見。

다시 연락하겠습니다.
踏係 勇辣哈給森你答

A da.si/yo*l.la.ka.get.sseum.ni.da
我會再連絡您。

相 關

안녕히 가세요.
安妞西 卡誰喲
an.nyo*ng.hi/ga.se.yo
再見。（對要離開的人）

안녕히 계세요.
安妞西 K誰呦
an.nyo*ng.hi/gye.se.yo
再見 (對留在原地的人)

안녕하세요. 지금 집에 가십니까?
安妞哈誰呦 妻跟 機杯 卡新你嘎
an.nyo*ng.ha.se.yo//ji.geum/ji.be/ga.sim.ni.ga
您好嗎？您現在要回家了嗎？

다시 뵙겠습니다.
他吸 配給森你答
da.si/bwep.get.sseum.ni.da
再見。

그럼 안녕.
科隆 安妞
geu.ro*m/an.nyo*ng
那拜拜囉！

그럼, 조심해서 다녀오세요.
科隆 醜西美搜 踏妞喔誰呦
geu.ro*m//jo.sim.he*.so*/da.nyo*.o.se.yo
那您小心慢走。

잘 자요.
插兒 炸呦
jal/jja.yo
晚安。

會 話

Track 009

오빠, 내일 출장을 가야 하니까 일찍 자요.
喔爸 累衣兒 出兒髒兒 卡呀 哈你嘎 衣兒寄 炸呦
o.ba/ne*.il/chul.jang.eul/ga.ya/ha.ni.ga/il.jjik/ja.yo
哥，明天要出差，早點睡吧。

A

좀 이따가 잘게.
綜 衣大嘎 插兒給
jom/i.da.ga/jal.ge
我待會就睡。

B

相 關

안녕히 주무세요.
安妞西 租目誰喲
an.nyo*ng.hi/ju.mu.se.yo
晚安。(對長輩)

편히 주무세요.
飄你 租目誰喲
pyo*n.hi/ju.mu.se.yo
晚安。

26

푹 쉬세요.
鋪 噓誰呦
puk/swi.se.yo
請好好休息。

오늘은 수고했어요.
喔呢愣 蘇摳黑搜呦
o.neu.reun/su.go.he*.sso*.yo
今天你辛苦了。

많이 피곤하지요?
馬你 批工哈幾呦
ma.ni/pi.gon.ha.ji.yo
很累吧？

좋은 꿈 꾸세요.
醜恩 棍 估誰呦
jo.eun/gum/gu.se.yo
祝你有個好夢。

덕분에 아주 푹 잘 잤어요.
透部內 阿住 鋪 插兒 插搜呦
do*k.bu.ne/a.ju/puk/jal/jja.sso*.yo
託你的福，我睡得很好。

난 배개가 없으면 잠을 잘 못 자요.
男 陪給嘎 喔思謬 禪們 插兒 末 炸呦
nan/be.ge*.ga/o*p.sseu.myo*n/ja.meul/jjal/mot/ja.yo
我沒有枕頭會睡不好。

다녀오겠습니다.
踏妞喔給森你答
da.nyo*.o.get.sseum.ni.da
我出門了。

會 話

Track 010

전 다녀오겠습니다.
重 塔妞喔給森你答

A
jo*n/da.nyo*.o.get.sseum.ni.da
我出門囉！

오늘 일찍 집에 돌아와.
喔呢 衣兒寄 幾杯 投啦哇

B
o.neul/il.jjik/ji.be/do.ra.wa
今天早點回家喔。

알았어요.
啊啦搜呦

A
a.ra.sso*.yo
知道了。

會 話

준수야, 밥 먹었니?
準蘇呀 怕 摸狗你

A
jun.su.ya/bap/mo*.go*n.ni
俊秀，你吃飯了嗎？

예, 먹었어요.
耶 摸狗搜呦

B
ye/mo*.go*.sso*.yo
是的，吃過了。

相關

다녀오셨어요?
踏妞喔修搜呦
da.nyo*.o.syo*.sso*.yo
您回來啦？

배 고파요.
胚 溝怕呦
be*/go.pa.yo
肚子餓了。

학교 다녀올게요.
哈個悠 踏妞喔兒給呦
hak.gyo/da.nyo*.ol.ge.yo
我去學校囉！

잘 먹겠습니다.
插兒 莫給森你答
jal/mo*k.get.sseum.ni.da
我開動了。

잘 먹었습니다.
插兒 莫溝森你答
jal/mo*.go*t.sseum.ni.da
我吃飽了。

어제 잘 잤어요?
喔賊 插兒 炸搜呦
o*.je/jal/jja.sso*.yo
昨天你睡得好嗎？

빨리 일어나요!
爸兒里 一囉拿呦
bal.li/i.ro*.na.yo
快點起床！

오늘은 뭐 할 거예요?
喔呢愣 摸 哈兒 狗耶呦
o.neu.reun/mwo/hal/go*.ye.yo
今天你要做什麼？

벌써 7시다!
波兒搜 衣兒溝西答
bo*l.sso*/il.gop.ssi.da
已經7點了耶！

언제 집에 돌아와요?
翁賊 幾杯 投啦哇呦
o*n.je/ji.be/do.ra.wa.yo
你什麼時候會回家？

오후에 비가 올 것 같아요.
喔呼耶 匹嘎 喔兒 狗 嘎踏呦
o.hu.e/bi.ga/ol/go*t/ga.ta.yo
下午好像會下雨。

어디 가세요?
喔滴 咖誰呦
o*.di/ga.se.yo
你要去哪裡？

처음 뵙겠습니다. 저는 한지혜입니다
抽恩 配給森你答 醜嫩 寒基嘿影你答
cho*.eum/bwep.get.sseum.ni.da//jo*.neun/
han.ji.hye.im.ni.da
初次見面，我是韓智慧。

會 話

Track 011

실례만, 성함은 어떻게 되십니까?
西兒勒幾慢 松哈悶 喔都K 腿西你咖
sil.lye.ji.man//so*ng.ha.meun/o*.do*.ke/dwe.sim.
ni.ga
可以請問您貴姓大名嗎？

저는 김민희라고 합니다.
醜嫩 基恩明西拉溝 喊你答
jo*.neun/gim.min.hi.ra.go/ham.ni.da
我叫作金敏熙。

會 話

이것은 제 명함입니다.
衣狗繩 賊 謬哈米你搭
i.go*.seun/je/myo*ng.ha.mim.ni.da
這是我的名片。

말씀은 들었습니다. 앞으로 잘 부탁합니다.
馬兒森們 特囉森你答 啊波囉 插兒 鋪他砍你答
mal.sseu.meun/deu.ro*t.sseum.ni.da//a.peu.ro/jal/
bu.ta.kam.ni.da
久仰了，以後請多多指教。

만나서 반갑습니다!
馬那搜 盤咖森你答
man.na.so*/ban.gap.sseum.ni.da
很高興見到您。

성함은 많이 들었습니다. 뵙게 되어 영광입니다.
松哈悶 馬你 特囉森你答 配給 腿喔 勇光影你答
so*ng.ha.meun/ma.ni/deu.ro*t.sseum.ni.da//bwep.
ge/dwe.o*/yo*ng.gwang.im.ni.da
久仰大名,很榮幸見到您。

이름은 뭐라고 합니까?
一愣悶 摸拉溝 喊你嘎
i.reu.meun/mwo.ra.go/ham.ni.ga
你叫什麼名字?

당신을 알게 되어 반갑습니다.
躺新兒 阿兒給 腿喔 盤咖森你答
dang.si.neul/al.ge/dwe.o*/ban.gap.sseum.ni.da
很高興認識你。

성씨가 어떻게 되세요?
松係咖 喔都K 腿誰呦
so*ng.ssi.ga/o*.do*.ke/dwe.se.yo
您貴姓?

32

최근에 어떠십니까?
吹跟耶 喔都新你嘎
chwe.geu.ne/o*.do*.sim.ni.ga
最近你過得怎麼樣？

Track 012

會 話

잘 지내셨어요?
插兒 幾內修搜悠
jal/jji.ne*.syo*.sso*.yo
您過得好嗎？

네, 덕분에 잘 지냈어요.
內 透部內 插兒 幾內搜悠
ne//do*k.bu.ne/jal/jji.ne*.sso*.yo
託您的福，我過得很好。

會 話

몸 상태는 어떻습니까?
盟 桑貼能 喔都森你嘎
mom/sang.te*.neun/o*.do*.sseum.ni.ga
身體狀況怎麼樣啊？

예전보다 많이 좋아졌습니다.
耶宗頗大 馬你 醜啊酒森你答
ye.jo*n.bo.da/ma.ni/jo.a.jo*t.sseum.ni.da
比以前好很多了。

相 關

일은 여전히 바쁘세요?
一冷 呦宗西 怕舖誰呦
i.reun/yo*.jo*n.hi/ba.beu.se.yo
工作還很忙嗎？

아직 거기에 살아요?
阿寄 叩機耶 沙拉呦
a.jik/go*.gi.e/sa.ra.yo
你還在那裡住嗎？

가족분들은 별고 없으십니까?
咖揍布的冷 漂兒溝 喔思新你嘎
ga.jok.bun.deu.reun/byo*l.go/o*p.sseu.sim.ni.ga
您的家人都還好嗎？

덕분에 만사 순조롭습니다.
透部內 慢沙 順醜囉森你答
do*k.bu.ne/man.sa/sun.jo.rop.sseum.ni.da
託你的福，萬事都很順利。

회사일은 잘 되고 있습니까?
灰沙衣愣 插兒 腿溝 衣森你嘎
hwe.sa.i.reun/jal/dwe.go/it.sseum.ni.ga
公司的工作還順利嗎？

변함없이 잘 지냅니다.
漂憨喔係 插兒 幾內你答
byo*n.ha.mo*p.ssi/jal/jji.ne*m.ni.da
還是一樣過得很好。

부모님에게 안부를 전해 주세요.
鋪摸你妹給 安布惹 醜內 組誰呦
bu.mo.ni.me.ge/an.bu.reul/jjo*n.he*/ju.se.yo

34

請替我向你父母問好。

오래간만입니다. 잘 지냈습니까?
喔勒乾滿影你答 插兒 幾內森你嘎
o.re*.gan.ma.nim.ni.da//jal/jji.ne*t.sseum.ni.ga
好久不見，你過得好嗎？

폐 변했네요.
規 漂內內呦
gwe*/byo*n.he*n.ne.yo
你變了很多耶！

요즘은 통 못 뵈었네요.
呦陣悶 通 末 配喔內呦
yo.jeu.meun/tong/mot/bwe.o*n.ne.yo
最近一直沒看到你呢！

부모님이 건강하세요?
鋪摸你咪 空剛哈誰呦
bu.mo.ni.mi/go*n.gang.ha.se.yo
父母親還健康嗎？

어떻게 불러야 하나요?
喔都K 鋪兒囉呀 哈那呦
o*.do*.ke/bul.lo*.ya/ha.na.yo
該怎麼稱呼你？

會 話

Track 013

A
엄마, 배 고파요. 밥 다 됐어요?
翁罵 陪 狗怕呦 怕 他 腿搜呦
o*m.ma//be*/go.pa.yo//bap/da/dwe*.sso*.yo
媽，我肚子餓了，飯都煮好了嗎？

B
아직이야, 조금만 기다려.
啊既可衣呀 醜跟蠻 可衣搭溜
a.ji.gi.ya//jo.geum.man/gi.da.ryo*
還沒，再等一下。

會 話

A
선생님, 저를 부르셨어요?
松先濘 醜惹 鋪了咻搜呦
so*n.se*ng.nim/jo*.reul/bu.reu.syo*.sso*.yo
老師，您叫我？

B
너한테 묻고 싶은 게 있어.
樓憨貼 木溝 西噴 給 衣搜
no*.han.te/mut.go/si.peun.ge/i.sso*
我有事情要問你。

相 關

36

여러분!
呦囉鋪
yo*.ro*.bun
各位！

한 씨.
憨 係
han/ssi
韓先生。

김 양.
基恩 恙
gim/yang
金小姐。

부장님, 안녕하십니까?
鋪髒濘 安妞哈新你嘎
bu.jang.nim//an.nyo*ng.ha.sim.ni.ga
部長，您好嗎？

여보세요!
呦播誰呦
yo*.bo.se.yo
喂！

> 감사합니다.
> 砍沙哈你答
> gam.sa.ham.ni.da
> **謝謝。**

會話

Track 014

이번 주말에 시간 있어요? 우리 집에 놀러 올래요?
衣崩 租媽勒 吸乾 衣搜呦 烏里 幾杯 樓兒囉 喔兒
A 累悠

i.bo*n/ju.ma.re/si.gan/i.sso*.yo//u.ri/ji.be/nol.lo*/
ol.le*.yo

這個周末你有時間嗎？要不要來我們家玩？

초대해 줘서 고마워요. 가고 싶어요.
抽貼黑 左搜 狗媽我呦 卡溝 熙頗呦
B cho.de*.he*/jwo.so*/go.ma.wo.yo//ga.go/si.po*.yo
謝謝你的招待，我想去。

會話

길을 가르쳐 주서서 고맙습니다.
可衣惹 卡了秋 租休搜 狗媽森你答
A gi.reul/ga.reu.cho*/ju.syo*.so*/go.map.sseum.ni.da
謝謝你為我指路。

천만에요.
蔥蠻內呦
B cho*n.ma.ne.yo
不客氣。

정말 고마워요.
醜馬兒 摳媽我呦
jo*ng.mal/go.ma.wo.yo
真的謝謝你。

대단히 감사합니다.
鐵當西 砍沙憨你答
de*.dan.hi/gam.sa.ham.ni.da
非常謝謝你。

일부러 여기에 와주셔서 감사합니다.
衣兒鋪囉 呦可衣耶 哇組休搜 砍殺憨你答
il.bu.ro*/yo*.gi.e/wa.ju.syo*.so*/gam.sa.ham.ni.da
謝謝你特地來到這裡。

오늘은 고마웠어요.
喔呢愣 摳媽我搜呦
o.neu.reun/go.ma.wo.sso*.yo
今天謝謝你了。

어떻게 감사드려야 할지 모르겠군요.
喔都K 刊沙特溜呀 哈兒幾 摸了給古妞
o*.do*.ke/gam.sa.deu.ryo*.ya/hal.jji/mo.reu.get.
gu.nyo
不知道該怎樣感謝你。

도와줘서 고마워요.
偷哇左搜 摳媽我呦
do.wa.jwo.so*/go.ma.wo.yo
謝謝你的幫忙。

은혜를 잊지 않을게요.
恩嘿惹 以幾 安呢給呦
eun.hye.reul/it.jji/a.neul.ge.yo
我不會忘記你的恩情。

일부러 전화해 줘서 고마워요.
一兒布囉 寵化黑 左搜 恐媽我呦
il.bu.ro*/jo*n.hwa.he*/jwo.so*/go.ma.wo.yo
謝謝你特地打電話給我。

고마워요. 제가 밥 사 줄게요.
口媽我呦 賊嘎 怕 沙 組安給呦
go.ma.wo.yo//je.ga/bap/sa/jul.ge.yo
謝謝你，我請你吃飯。

다시 한번 감사 드립니다.
他西 憨崩 砍沙 特林你答
da.si/han.bo*n/gam.sa/deu.rim.ni.da
再次感謝您。

진심으로 감사합니다.
親西們囉 砍沙憨你答
jin.si.meu.ro/gam.sa.ham.ni.da
真心感謝您。

고맙긴요.
恐媽可衣妞
go.map.gi.nyo
不用謝。

별 말씀을요.
漂兒 馬兒森們溜
byo*l/mal.sseu.meu.ryo

哪裡的話。

이것은 사소한 일이에요.
衣狗神 沙搜憨 衣里耶呦
i.go*.seun/sa.so.han/i.ri.e.yo
這只是小事一樁。

별일 아니에요.
漂里兒 阿你耶呦
byo*.ril/a.ni.e.yo
這不算什麼。

찾아 주셔서 감사합니다.
插渣 組修搜 砍沙憨你答
cha.ja/ju.syo*.so*/gam.sa.ham.ni.da
感謝您的光臨。

道歉

죄송합니다.
璀松憨你答
jwe.song.ham.ni.da
對不起。

Track 015

會話

죄송합니다. 제가 변상하겠습니다.
璀松憨你答 賊嘎 匹翁商哈給森你答
jwe.song.ham.ni.da//je.ga/byo*n.sang.ha.get.sse-
um.ni.da
A 對不起, 我會賠償您。

그럴 필요는 없습니다. 저도 잘못이 있습니다.
可囉兒 匹溜能 喔森你答 醜豆 插兒木西 衣森你答
geu.ro*l/pi.ryo.neun/o*p.sseum.ni.da//jo*.do/jal.
mo.si/it.sseum.ni.da
B 不需要那樣, 我也有錯。

會話

늦어서 미안해요.
呢周搜 米安內呦
neu.jo*.so*/mi.an.he*.yo
A 抱歉我來晚了。

괜찮아요, 나도 방금 왔어요.
虧餐那呦 那豆 旁跟 哇搜呦
gwe*n.cha.na.yo//na.do/bang.geum/wa.sso*.yo
B 沒關係, 我也剛來。

42

相關

미안합니다.
咪安哈你答
mi.an.ham.ni.da
對不起。

미안합니다. 제가 잘못했습니다.
咪安哈你答 賊咖 插兒末貼森你答
mi.an.ham.ni.da//je.ga/jal.mo.te*t.sseum.ni.da
對不起，我錯了。

제 사과를 받아주십시오.
賊 沙寡惹 怕搭組西不休
je/sa.gwa.reul/ba.da.ju.sip.ssi.o
請接受我的道歉。

제 부주의였어요.
賊 布組以呦搜呦
je/bu.ju.ui.yo*.sso*.yo
這是我不注意。

오래 기다리시게 해서 미안합니다.
喔勒 可衣踏里西給 黑搜 咪安憨你答
o.re*/gi.da.ri.si.ge/he*.so*/mi.an.ham.ni.da
讓您久等了，對不起。

폐를 끼쳐서 죄송합니다.
胚惹 個衣秋搜 璀松哈你答
pye.reul/gi.cho*.so*/jwe.song.ham.ni.da
給你添麻煩了，對不起。

미안해요. 그때는 어쩔 수 없었어요.
米阿內呦 可鐵嫩 喔走兒 蘇 喔搜搜呦
mi.an.he*.yo//geu.de*.neun/o*.jjo*l/su/o*p.sso*.sso*.
yo
對不起，那時我是不得已的。

말을 안 해서 미안해요.
馬惹 安 黑搜 米阿內呦
ma.reul/an/he*.so*/mi.an.he*.yo
沒跟你說，很抱歉。

죄송합니다. 앞으로 주의하겠습니다.
璀松哈你答 阿破囉 組以哈給森你答
jwe.song.ham.ni.da//a.peu.ro/ju.ui.ha.get.sseum.
ni.da
對不起，我以後會注意。

제가 착각을 했습니다.
賊嘎 剎咖割 嘿森你答
je.ga/chak.ga.geul/he*t.sseum.ni.da
我搞錯了。

한 번 봐 주십시오.
寒 蹦 怕 組西不休
han/bo*n/bwa/ju.sip.ssi.o
請你原諒我這一次。

용서해 주십시오.
勇搜黑 組西不休
yong.so*.he*/ju.sip.ssi.o
請原諒我。

죄송해요. 제 실수예요.

璀松黑呦 賊 西兒蘇耶呦
jwe.song.he*.yo//je/sil.su.ye.yo
對不起，是我的錯。

잘못은 저에게 있습니다.
插兒摸神 醜耶給 以森你答
jal.mo.seun/jo*.e.ge/it.sseum.ni.da
錯在我。

기회를 한번 더 주십시오.
可衣灰惹 憨崩 投 組西不休
gi.hwe.reul/han.bo*n/do*/ju.sip.ssi.o
請再給我一次機會。

괜찮아요. 그럴 수도 있어요.
虧餐那呦 可囉兒 酥都 衣搜呦
gwe*n.cha.na.yo//geu.ro*l/su.do/i.sso*.yo
沒關係，不必放在心上。

他（她）們相遇的故事，由你（妳）來決定。

왜요?
委呦
we*.yo
為什麼？

會 話

Track 016

A 지금 어디예요?
幾根 喔滴耶呦
ji.geum/o*.di.ye.yo
在哪裡？

B 집에 가는 길이에요.
幾杯 卡能 可衣里耶呦
ji.be/ga.neun/gi.ri.e.yo
我在回家的路上。

會 話

A 이것이 무엇입니까?
衣狗西 木喔新你嘎
i.go*.si/mu.o*.sim.ni.ga
這是什麼？

B 제 노트입니다.
賊 樓的以你搭
je/no.teu.im.ni.da
這是我的筆記本。

相 關

언제입니까?
翁賊以你咖
o*n.je.im.ni.ga
何時？

그래요?
可累呦
geu.re*.yo
是嗎？

어쩌죠?
喔揍揪
o*.jjo*.jyo
怎麼辦？

어때요?
喔鐵呦
o*.de*.yo
如何？

왜 그래요?
委 可累呦
we*/geu.re*.yo
怎麼了？

말 좀 물읍시다.
馬兒 粽 木了西答
mal/jjom/mu.reup.ssi.da
請問。

누구세요?
努姑誰呦
nu.gu.se.yo

您是哪位？

얼마입니까?
喔兒馬以你咖
o*l.ma.im.ni.ga
多少錢？

어디에 가십니까?
喔滴耶 咖新你咖
oˆ.di.e/ga.sim.ni.ga
您要去哪裡？

어떻게 해요?
喔都K 黑呦
o*.do*.ke/he*.yo
怎麼做呢？

아세요?
阿誰呦
a.se.yo
您知道嗎？

모르십니까?
摸了新你嘎
mo.reu.sim.ni.ga
您不知道嗎？

이해하시겠어요?
衣嘿哈西給搜呦
i.he*.ha.si.ge.sso*.yo
您了解嗎？

이것은 한국어로 뭐라고 하죠?
衣溝繩 憨佶狗囉 摸拉溝 哈糾
i.go*.seun/han.gu.go*.ro/mwo.ra.go/ha.jyo
這個的韓文要怎麼說？

도대체 이유가 뭐예요?
偷爹疵耶 衣U嘎 摸耶呦
do.de*.che/i.yu.ga/mwo.ye.yo
到底理由是什麼？

모르시겠어요?
摸了西給搜呦
mo.reu.si.ge.sso*.yo
你不知道嗎？

네, 맞아요.
內 馬炸呦
ne//ma.ja.yo
是的，沒錯。

會話

Track 017

초등학생이에요?
抽登哈先衣耶呦
cho.deung.hak.sse*ng.i.e.yo
你是小學生嗎？

아니요, 중학생이에요.
阿逆呦 尊哈先衣耶呦
a.ni.yo//jung.hak.sse*ng.i.e.yo
不是，我是國中生。

會話

방학 때 같이 여행을 갈까요?
旁哈 爹 卡器 呦黑兒 卡兒嘎呦
bang.hak/de*/ga.chi/yo*.he*ng.eul/gal.ga.yo
放假時，要不要一起去旅行？

좋아요. 같이 가요.
醜啊呦 卡器 卡呦
jo.a.yo//ga.chi/ga.yo
好啊，一起去。

相關

네./예.
內 耶
ne/ye
是的 / 對。

아니요.
阿你呦
a.ni.yo
不是。

그냥…
可釀
geu.nyang
只是…。

맞아요.
馬炸呦
ma.ja.yo
是的。

틀려요.
特溜呦
teul.lyo*.yo
不對。

그래요.
可累呦
geu.re*.yo
是的。

괜찮아요.
愧燦那呦
gwe*n.cha.na.yo

沒關係。

그렇군요.
可囉古妞
geu.ro*.ku.nyo
原來如此。

아니요, 몰랐어요.
阿你呦 摸兒拉搜呦
a.ni.yo//mol.la.sso*.yo
不，我不知道。

계속 말해봐요.
K嗽 馬累怕呦
gye.sok/mal.he*.bwa.yo
繼續說。

저도 그래요.
醜豆 可累呦
jo*.do/geu.re*.yo
我也是。

불가능하다고 생각합니다.
不兒咖呢哈答溝 先咖砍你答
bul.ga.neung.ha.da.go/se*ng.ga.kam.ni.da
我覺得不可能。

조금 생각할 시간을 주세요.
醜跟 先咖咖兒 西乾呢 組誰呦
jo.geum/se*ng.ga.kal/ssi.ga.neul/jju.se.yo
給我一點思考的時間。

확실히 그래요.

54

花西里 可累呦
hwak.ssil.hi/geu.re*.yo
的確如此。

그럴 수도 있어요.
可囉兒 蘇都 以搜呦
geu.ro*l/su.do/i.sso*.yo
可能會那樣吧！

절대 아니에요.
醜兒爹 阿逆耶呦
jo*l.de*/a.ni.e.yo
絕對不是。

아마도 그렇겠지요.
阿馬豆 可囉給幾呦
a.ma.do/geu.ro*.ket.jji.yo
大概是那樣。

그건 좋은 생각입니다.
可狗 醜恩 先咖個衣你答
geu.go*n/jo.eun/se*ng.ga.gim.ni.da
好主意。

맞는 말이에요.
馬能 馬里耶呦
man.neun/ma.ri.e.yo
你說得很對！

그러게요!
可囉給呦
geu.ro*.ge.yo
就是啊！

그랬었군요.
可累搜古妞
geu.re*.sso*t.gu.nyo
原來是這樣。

명심할게요.
謬心哈兒給呦
myo*ng.sim.hal.ge.yo
我會記住的。

안 돼요.
安 對呦
an/dwe*.yo
不行。

당연하지요.
躺庸哈幾呦
dang.yo*n.ha.ji.yo
那是當然的。

글쎄요.
可兒誰呦
geul.sse.yo
這個嘛...。

어쩐지...
喔粽幾
o*.jjo*n.ji
怪不得...。

사실은...
沙西愣
sa.si.reun

56

事實上....。

정말요?
寵馬溜
jo*ng.ma.ryo
真的嗎?

뭐?
摸
mwo
什麼?

그렇습니까?
可囉森你咖
geu.ro*.sseum.ni.ga
是嗎?

저는 모르겠습니다.
醜嫩 摸了給森你答
jo*.neun/mo.reu.get.sseum.ni.da
我不知道。

더 이상 묻지 마세요.
投 衣上 木基 馬誰呦
do*i.sang/mut.jji/ma.se.yo
請不要再問了。

저도 그렇습니다.
醜豆 可囉森你答
jo*.do/geu.ro*.sseum.ni.da
我也是那樣。

네, 물론입니다.

內 木囉你你答
ne//mul.lo.nim.ni.da
是的，當然可以。

솔직히 말씀 드리면…
搜兒基衣 馬兒省 特里謬
sol.jji.ki/mal.sseum/deu.ri.myo*n
坦白說…。

나음에 나시 얘기합시나.
踏恩妹 踏西 耶可衣哈西答
da.eu.me/da.si/ye*.gi.hap.ssi.da
下次再聊吧！

아직 정하지 않았습니다.
阿寄 寵哈基 安那森你答
a.jik/jo*ng.ha.ji/a.nat.sseum.ni.da
還沒決定。

아마 아닐 거예요.
阿馬 阿你兒 溝耶呦
a.ma/a.nil/go*.ye.yo
也許不會吧？

아니요, 그렇지 않습니다.
阿你呦 可囉基 安森你答
a.ni.yo//geu.ro*.chi/an.sseum.ni.da
不是，不是那樣。

사실대로 말하면…
沙西兒貼囉 馬拉謬
sa.sil.de*.ro/mal.ha.myo*n
老實說…。

안 됩니다.
安 對你答
an/dwem.ni.da
不可以。

그건 별거 아니야.
可供 批喔狗 阿你呀
geu.go*n/byo*l.go*/a.ni.ya
那沒什麼。

무슨 말이 하고 싶은데?
木森 馬里 哈溝 西盆爹
mu.seun/ma.ri/ha.go/si.peun.de
你想說什麼?

그럴 리가 없어요.
可囉兒 里嘎 喔搜呦
geu.ro*l/ri.ga/o*p.sso*.yo
不可能。

누가 아니래요?
努嘎 阿你累呦
nu.ga/a.ni.re*.yo
誰說不是啊?

그것도 괜찮네요.
可狗豆 傀燦內呦
geu.go*t.do/gwe*n.chan.ne.yo
那個也不錯耶。

방금 뭐라고 하셨지요?
盤跟 摸拉溝 哈修幾呦
bang.geum/mwo.ra.go/ha.syo*t.jji.yo
剛剛說了什麼?

您剛才說什麼？

뭐라고 대답해야 할지 모르겠어요.
摸拉溝 爹答胚呀 哈兒幾 摸了給搜悠
mwo.ra.go/de*.da.pe*.ya/hal.jji/mo.reu.ge.sso*.yo
我不知道該怎麼回答。

알겠습니다.
阿兒給森你答
al.gel.sseum.ni.da
我明白了。

설마!
搜兒馬
so*l.ma
怎麼會？

불가능해요.
鋪兒咖能耶呦
bul.ga.neung.he*.yo
不可能。

재미있군요.
賊咪以古妞
je*.mi.it.gu.nyo
很有趣。

그건 좀 너무했네요.
可拱 重 樓木嘿內呦
geu.go*n/jom/no*.mu.he*n.ne.yo
那有點過份。

농담이에요.

農當衣耶呦
nong.da.mi.e.yo
開玩笑的。

지금 나 놀리는 거예요?
幾根 哪 樓兒里能 狗耶呦
ji.geum/na/nol.li.neun/go*.ye.yo
你現在是在和我開玩笑嗎?

진짜요?
基恩炸呦
jin.jja.yo
真的嗎?

질문 하나 해도 될까요?
基兒木 哈那 黑都 腿兒嘎呦
jil.mun/ha.na/he*.do/dwel.ga.yo
我可以問個問題嗎?

會 話

Track 018

질문이 있습니다. 물어봐도 될까요?
幾兒木你 衣森你答 木囉怕都 腿兒嘎呦
jil.mu.ni/it.sseum.ni.da//mu.ro*.bwa.do/dwel.ga.yo
我有個問題,我可以問嗎?

A

미안하지만 지금 좀 곤란한데요. 나중에 질문 해 주
세요.
咪安哈幾慢 幾根 綜 空郎憨貼呦 那尊耶 幾木內 組
誰呦
mi.an.ha.ji.man/ji.geum/jom/gol.lan.han.de.yo//
na.jung.e/jil.mun.he*/ju.se.yo
很抱歉,現在有點不方便,請你以後再問我。

B

會 話

너에게 물어보고 싶은 게 있어.
樓耶給 木囉頗溝 西噴 給 衣搜
no*.e.ge/mu.ro*.bo.go/si.peun/ge/i.sso*
我有事要問你。

A

뭔데?
抹爹
mwon.de
什麼事?

B

62

相關

묻고 싶은 게 정말 많아요.
木溝 西噴 給 寵馬兒 馬那呦
mut.go/si.peun/ge/jo*ng.mal/ma.na.yo
我想問的真的很多。

뭐 하나 질문해도 될까요?
摸 哈那 基兒木內都 腿兒嘎呦
mwo/ha.na/jil.mun.he*.do/dwel.ga.yo
我想問個問題，可以嗎？

질문 있는 분들은 손을 들어 질문하세요..
基兒木 以能 不的冷 松呢 特囉 幾木那誰呦
jil.mun/in.neun/bun.deu.reun/so.neul/deu.ro*/jil.mun.
ha.se.yo
有疑問的人請舉手發問。

문제 있습니까?
木賊 衣森你嘎
mun.je/it.sseum.ni.ga
有問題嗎？

그외에, 질문이 더 있나요?
可委耶 幾兒木你 投 衣那呦
geu.we.e//jil.mu.ni/do*/in.na.yo
除此之外，還有問題嗎？

좋은 질문이군요.
醜恩 幾兒木你古妞
jo.eun/jil.mu.ni.gu.nyo
你問得很好。

더 이상 물어보지 마세요.
投 衣上 木囉頗基 馬誰呦
do*/i.sang/mu.ro*.bo.ji/ma.se.yo
請你不要再問了。

그건 비밀이에요.
可拱 匹米里耶呦
geu.go*n/bi.mi.ri.e.yo
那是秘密。

대답하고 싶지 않아요.
貼答怕溝 西基 安那呦
de*.da.pa.go/sip.jji/a.na.yo
我不想回答。

자세히 설명해 주세요.
插誰西 搜兒謬黑 組誰呦
ja.se.hi/so*l.myo*ng.he*/ju.se.yo
請仔細說明。

Unit 13　詢問時間日期

> 지금 몇 시입니까?
> 七跟 謬 西以你咖
> ji.geum/myo*t/si.im.ni.ga
> **現在幾點？**

會話

Track 019

오늘은 몇 월 며칠입니까?
喔呢愣 謬 窩兒 謬七里你咖
o.neu.reun/myo*t/wol/myo*.chi.rim.ni.ga
今天幾月幾號？
오늘은 2월 4일입니다.
喔呢愣 一我兒 沙一領你答
o.neu.reun/i.wol/sa.i.rim.ni.da
今天2月4號。

會話

오늘 무슨 요일입니까?
喔呢 木繩 呦衣里你咖
o.neul/mu.seun/yo.i.rim.ni.ga
今天星期幾？
오늘 금요일입니다.
喔呢愣 肯呦衣里你答
o.neul/geu.myo.i.rim.ni.da
今天星期五。

相關

지금은 오후 2시입니다.
七哥悶 喔戶 吐西衣你答
ji.geu.meun/o.hu/du.si.im.ni.da
現在是下午2點。

이제 곧 12시입니다.
衣賊 叩 呦兒吐西衣你答
i.je/got/yo*l.du.si.im.ni.da
馬上就要12點了。

졸업식은 언제입니까?
醜囉西更 翁賊衣你咖
jo.ro*p.ssi.geun/o*n.je.im.ni.ga
畢業典禮是什麼時候？

내일은 일요일입니다.
累衣愣 衣溜衣里你答
ne*.i.reun/i.ryo.i.rim.ni.da
明天是星期日。

올해는 2012년입니다.
喔蕾嫩 衣匆西逼妞影你答
ol.he*.neun/i.cho*n.si.bi.nyo*.nim.ni.da
今年是2012年。

정오가 되었네요.
寵喔嘎 腿喔內呦
jo*ng.o.ga/dwe.o*n.ne.yo
正午到了。

곧 6시가 됩니다.
叩 呦搜洗咖 腿你答
got/yo*.so*t.ssi.ga/dwem.ni.da

快到6點了。

시간을 얼마나 걸려요?
西乾呢 喔兒馬那 口兒溜呦
si.ga.neul/o*l.ma.na/go*l.lyo*.yo
要花多少時間？

시간이 늦었습니다.
西乾你 呢走森你答
si.ga.ni/neu.jo*t.sseum.ni.da
時間不早了。

미안합니다. 30분 늦을 것 같습니다.
米安哈你答 三西布 呢遮 狗 咖森你答
mi.an.ham.ni.da//sam.sip.bun/neu.jeul/go*t/gat.
sseum.ni.da
對不起，我好像會晚個30分鐘。

언제 만날까요?
翁賊 滿那兒咖呦
o*n.je/man.nal.ga.yo
什麼時候見面？

어제는 목요일이었습니다.
喔賊能 摸可呦衣里喔森你答
o*.je.neun/mo.gyo.i.ri.o*t.sseum.ni.da
昨天是星期四。

생일은 언제입니까?
先衣愣 翁賊衣你咖
se*ng.i.reun/o*n.je.im.ni.ga
生日是什麼時候？

생일은 3월 14일입니다.
先衣愣 三我兒 西沙衣里你答
se*ng.i.reun/sa.mwol/sip.ssa.i.rim.ni.da
生日是3月 14號。

다음 주 토요일에 한국에 갈 거예요.
踏恩 住 偷呦衣勒 憨姑給 咖耶呦 溝耶呦
da.eum/ju/to.yo.i.re/han.gu.ge/gal/go*.ye.yo
下星期六我要去韓國。

오늘은 단오절입니다.
喔呢愣 彈喔醜里你答
o.neu.reun/da.no.jo*.rim.ni.da
今天是端午節。

몇 시에 저녁을 먹습니까?
謬 西耶 醜紐哥 某森你咖
myo*t/si.e/jo*.nyo*.geul/mo*k.sseum.ni.ga
幾點吃晚餐？

대만에는 언제 오셨어요?
貼滿耶能 翁賊 喔修搜呦
de*.ma.ne.neun/o*n.je/o.syo*.sso*.yo
你什麼時候來台灣的？

설날은 무슨 요일인가요?
搜兒那愣 木神 呦衣林嘎呦
so*l.la.reun/mu.seun/yo.i.rin.ga.yo
元旦是星期幾？

달력을 확인해 보겠어요.
搭兒溜哥 花可衣內 頗給搜呦
dal.lyo*.geul/hwa.gin.he*/bo.ge.sso*.yo

我確認一下日曆。

오늘이 며칠인가요?
喔呢里 謬妻林嘎呦
o.neu.ri/myo*.chi.rin.ga.yo
今天幾號？

여름 방학이 언제부터예요?
呦冷 旁哈可衣 翁賊鋪頭耶呦
yo*.reum/bang.ha.gi/o*n.je.bu.to*.ye.yo
暑假從什麼時候開始？

> 오늘은 날씨가 어떻습니까?
> 喔呢愣 那兒西嘎 喔都森你嘎
> o.neu.reun/nal.ssi.ga/o*.do*.sseum.ni.ga
> **今天天氣如何?**

Track 020

會話

오늘 날씨가 덥습니까?
喔呢 那兒西嘎 投森你嘎
A o.neul/nal.ssi.ga/do*p.sseum.ni.ga
今天熱嗎?

아니요. 덥지 않습니다.
阿逆呦 投基 安森你答
B a.ni.yo//do*p.jji/an.sseum.ni.da
不,不會熱。

會話

한국 날씨는 어떻습니까?
憨估 那兒西能 喔都森你嘎
A han.guk/nal.ssi.neun/o*.do*.sseum.ni.ga
韓國天氣怎麼樣?

매우 춥습니다. 눈이 계속 내리고 있습니다.
美烏 促森你答 努你 K嗽 累里溝 衣森你答
B me*.u/chup.sseum.ni.da//nu.ni/gye.sok/ne*.ri.go/
it.sseum.ni.da
很冷,一直下雪。

相關

그쪽의 날씨는 어떻습니까?
可揍給 那兒西嫩 喔都森你咖
geu.jjo.gui/nal.ssi.neun/o*.do*.sseum.ni.ga
那裡的天氣怎麼樣？

내일 비가 올까요?
累衣兒 匹嘎 喔兒嘎呦
ne*.il/bi.ga/ol.ga.yo
明天會下雨嗎？

오늘 일기 예보는 어떻습니까?
喔呢 衣兒可衣 耶頗能 喔都森你嘎
o.neul/il.gi/ye.bo.neun/o*.do*.sseum.ni.ga
今天的天氣預報如何？

오늘 기온은 몇 도입니까?
喔呢 可衣喔能 謬 豆衣你咖
o.neul/gi.o.neun/myo*t/do.im.ni.ga
今天氣溫幾度？

내일은 비가 올 겁니다.
蕾衣愣 匹咖 喔兒 拱你答
ne*.i.reun/bi.ga/ol/go*m.ni.da
明天會下雨。

밖에 비가 많이 오고 있어요.
怕給 匹嘎 馬你 喔溝 以搜呦
ba.ge/bi.ga/ma.ni/o.go/i.sso*.yo
外面正下著大雨。

날씨가 그리 좋지 않아요.
那兒西咖 可里 醜基 安那呦
nal.ssi.ga/geu.ri/jo.chi/a.na.yo

天氣不太好。

비가 멈췄습니다.
匹嘎 盟錯森你答
bi.ga/mo*m.chwot.sseum.ni.da
雨停了。

따뜻해졌습니다.
答的貼糾森你答
da.deu.te*.jo*t.sseum.ni.da
變溫暖了。

내일 날씨는 맑음입니다.
累衣兒 那兒西能 馬跟米你答
ne*.il/nal.ssi.neun/mal.geu.mim.ni.da
明天是晴天。

오늘은 별로 춥지 않아요.
喔呢愣 匹喔囉 促基 安那呦
o.neu.reun/byo*l.lo/chup.jji/a.na.yo
今天不怎麼冷。

Unit 15 徵求許可

여기서 담배를 피워도 돼요?
呦可衣搜 坦杯惹 批我都 腿呦
yo*.gi.so*/dam.be*.reul/pi.wo.do/dwe*.yo
可以在這裡抽菸嗎?

會話

Track 021

들어가도 돼요?
特囉卡豆 腿呦
deu.ro*.ga.do/dwe*.yo
可以進去嗎?
물론입니다. 들어오세요.
木兒隆衣你答 特囉喔誰呦
mul.lo.nim.ni.da//deu.ro*.o.se.yo
當然可以,請進。

會話

내일 여기에 안 와도 괜찮아요?
累衣兒 呦可衣耶 安 哇豆 虧參那呦
ne*.il/yo*.gi.e/an/wa.do/gwe*n.cha.na.yo
明天不來這裡也沒關係嗎?
괜찮아요. 안 오셔도 됩니다.
虧餐那呦 安 喔休豆 腿你答
gwe*n.cha.na.yo//an/o.syo*.do/dwem.ni.da
沒關係,你可以不來。

相關

여기 앉아도 괜찮을까요?
呦可衣 安炸都 傀燦呢咖呦
yo*.gi/an.ja.do/gwe*n.cha.neul.ga.yo
可以做在這裡嗎？

솔직히 말해도 돼요?
搜兒基可衣 馬累豆 腿呦
sol.jji.ki/mal.he*.do/dwe*.yo
我可以老實說嗎？

늦게 집에 돌아가도 괜찮아요?
呢給 幾杯 投拉卡豆 虧餐那呦
neut.ge/ji.be/do.ra.ga.do/gwe*n.cha.na.yo
晚點回家也沒關係嗎？

이걸 먹어도 돼요?
衣狗兒 摸狗豆 腿呦
i.go*l/mo*.go*.do/dwe*.yo
我可以吃這個嗎？

여기서 놀아도 됩니까?
呦可衣搜 樓拉都 腿你咖
yo*.gi.so*/no.ra.do/dwem.ni.ga
可以在這裡玩嗎？

핸드폰을 좀 빌릴 수 있을까요?
黑的碰呢 綜 匹兒里兒 蘇 以蛇嘎呦
he*n.deu.po.neul/jjom/bil.lil/su/i.sseul.ga.yo
可以借我手機嗎？

74

Unit 16　理解

다시 한번 말해 주시겠어요?
踏西 寒蹦 馬累 組西給搜呦
da.si/han.bo*n/mal.he*/ju.si.ge.sso*.yo
你可以再說一次嗎？

Track 022

會話

내 말이 무슨 뜻인지 이해하겠니?
內 馬里 木繩 的新幾 衣黑哈給你
ne*/ma.ri/mu.seun/deu.sin.ji/i.he*.ha.gen.ni
你懂我講得意思嗎？

아니요, 이해를 잘 못하겠어요.
阿逆呦 衣黑惹 插兒 木踏給搜悠
a.ni.yo/i.he*.reul/jjal/mo.ta.ge.sso*.yo
我不太懂你的意思。

會話

뭐라고요?
摸拉溝呦
mwo.ra.go.yo
你說什麼？

난 취직했다고요.
男 去幾K答溝呦
nan/chwi.ji.ke*t.da.go.yo
我說我找到工作了。

정말요? 축하해요.
寵馬溜 粗咖黑呦
jo*ng.ma.ryo//chu.ka.he*.yo
真的嗎？恭喜你！

제 말을 알아들으셨나요?
賊 馬惹 阿拉特了秀那呦
je/ma.reul/a.ra.deu.reu.syo*n.na.yo
您聽得懂我說的話嗎？

그게 무슨 뜻이죠?
可給 木神 的西救
geu.ge/mu.seun/deu.si.jyo
這是什麼意思？

천천히 말씀해 주시겠어요?
沖沖西 馬兒省妹 組西給搜呦
cho*n.cho*n.hi/mal.sseum.he*/ju.si.ge.sso*.yo
可以說慢一點嗎？

해석을 좀 해주시겠습니까?
黑搜割 綜 黑組西給森你嘎
he*.so*.geul/jjom/he*.ju.si.get.sseum.ni.ga
可以幫我解釋一下嗎？

뭐라고 했어요?
摸拉溝 黑搜呦
mwo.ra.go/he*.sso*.yo
你剛才說什麼？

잘 못 알아들어요.
插兒 末 阿拉特囉呦
jal/mot/a.ra.deu.ro*.yo
我聽不太懂。

무슨 뜻인지 잘 모르겠어요.
木神 的西幾 插兒 摸了給搜有
mu.seun/deu.sin.ji/jal/mo.reu.ge.sso*.yo
不知道那是什麼意思。

미안하지만, 더 자세히 말씀해 주시겠어요?
米安哈幾慢 投 查誰西 馬兒省妹 組西給搜呦
mi.an.ha.ji.man//do*/ja.se.hi/mal.sseum.he*/ju.si.
ge.sso*.yo
對不起，你可以再講仔細一點嗎？

제가 외국사람이에요. 못 알아들어요.
賊嘎 為故沙拉米耶呦 末 阿拉特囉呦
je.ga/we.guk.ssa.ra.mi.e.yo//mot/a.ra.deu.ro*.yo
我是外國人，聽不懂。

잘 안 들립니다.
插兒 安 特里你答
jal/an/deul.lim.ni.da
我聽不清楚。

다시 한번 말씀해 주십시오.
踏西 寒蹦 馬兒省妹 組西布修
da.si/han.bo*n/mal.sseum.he*/ju.sip.ssi.o
請你再說一遍。

난 아직 못 알아들었어요.
男 阿幾 木 阿拉特囉搜呦
nan/a.jik/mot/a.ra.deu.ro*.sso*.yo
我還聽不懂。

이렇게 말하면 알겠어요?
衣囉K 馬拉謬 阿兒給搜呦

i.ro*.ke/mal.ha.myo*n/al.ge.sso*.yo
這樣子說，你瞭解了嗎？

모르면 모른다고 말해요. 아는 척 하지 말아요.
摸了謬 摸冷答溝 馬累呦 阿能 湊 哈基 馬拉呦
mo.reu.myo*n/mo.reun.da.go/mal.he*.yo//a.neun/
cho*k/ha.ji/ma.ra.yo
不知道就說不知道，不要裝懂。

난 네 말이 무슨 뜻인지 모르겠어.
男 你 馬里 木神 的西幾 抹了給搜
nan/ne/ma.ri/mu.seun/deu.sin.ji/mo.reu.ge.sso*
我不知道你的話是什麼意思。

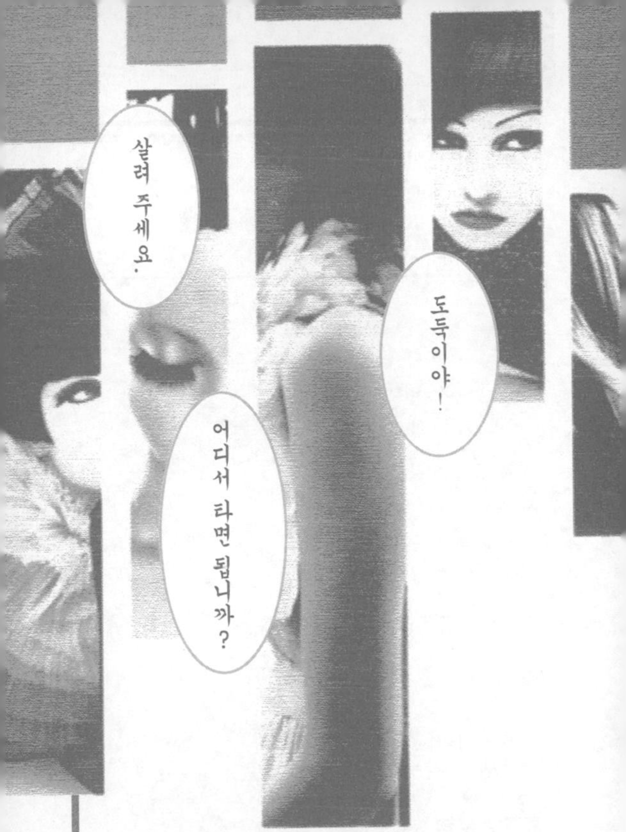

PART 3

請求

協助篇

이 곳이 어디입니까?
衣 叩西 喔滴衣你嘎
i/go.si/o*.di.im.ni.ga
這裡是哪裡？

Track 023

會話

경복궁까지 얼마나 걸리죠?
可呦鋪捆嘎幾 喔兒媽那 口兒里糾
gyo*ng.bok.gung.ga.ji/o*l.ma.na/go*l.li.jyo

A

到景福宮要多久時間？

지하철을 타면 20분정도 걸려요.
幾哈醜惹 他謬 衣西鋪種頭 口兒溜呦
ji.ha.cho*.reul/ta.myo*n/i.sip.bun.jo*ng.do/go*l.lyo*.
yo

B

搭地鐵的話，大概要花20分鐘。

會話

고려대에 어떻게 가야 됩니까?
口溜貼耶 喔都K 卡呀 腿你嘎
go.ryo*.de*.e/o*.do*.ke/ga.ya/dwem.ni.ga

A

高麗大學該怎麼去呢？

이 길을 따라서 10분쯤 걸어 가시면 보일 거예요.
衣 可衣惹 答拉搜 西鋪正 口囉 卡西謬 頗衣兒 狗
耶呦
i/gi.reul/da.ra.so*/sip.bun.jjeum/go*.ro*/ga.si.myo*n/
bo.il/go*.ye.yo

B

沿著這條路走10分鐘左右，就會看到。

相關

실례하지만 길을 좀 물어도 되겠습니까?
西兒累哈幾慢 可衣惹 重 木囉豆 腿給森你嘎
sil.lye.ha.ji.man/gi.reul/jjom/mu.ro*.do/dwe.get.
sseum.ni.ga
不好意思，可以問個路嗎？

이 근처에 기차역이 어디 있는지 아세요?
衣 肯醜耶 可衣插呦可衣 喔滴 衣能幾 啊誰呦
i/geun.cho*.e/gi.cha.yo*.gi/o*.di/in.neun.ji/a.se.yo
你知道這附近的火車站在哪裡嗎？

멉니까? 버스를 타야 합니까?
猛你嘎 播思惹 踏呀 汗你嘎
mo*m.ni.ga//bo*.seu.reul/ta.ya/ham.ni.ga
很遠嗎？要搭公車嗎？

죄송하지만 신세계백화점은 어떻게 갑니까?
璀松哈幾慢 新誰給配跨總悶 喔都K 砍你嘎
jwe.song.ha.ji.man/sin.se.gye.be*.kwa.jo*.meun/
o*.do*.ke/gam.ni.ga
對不起，請問新世界百貨公司怎麼走？

어디서 타면 됩니까?
喔滴搜 他謬 腿你嘎
o*.di.so*/ta.myo*n/dwem.ni.ga
要在哪裡搭車呢？

우체국은 어느 쪽입니까?
烏茲耶古根 喔呢 揍影你咖
u.che.gu.geun/o*.neu/jjo.gim.ni.ga

郵局在哪一邊呢？

걸어서 갈 수 있습니까?
摳囉搜 咖兒 蘇 以森你嘎
go*.ro*.so*/gal/ssu.it.sseum.ni.ga
可以走路去嗎？

공항으로 가는 버스가 몇 번입니까?
空憨噁囉 咖能 剝思嘎 謬 崩影你咖
gong.hang.eu.ro/ga.neun/bo*.seu.ga/myo*t/bo*.nim.
ni.ga
往機場的公車是幾號？

좌측으로 돕니까?
抓側個囉 偷你嘎
jwa.cheu.geu.ro/dom.ni.ga
往左轉嗎？

한 45분쯤 걸려요.
憨 沙西喔布贈 摳兒溜呦
han/sa.si.bo.bun.jjeum/go*l.lyo*.yo
大概要花45分鐘。

멀지 않아요. 아주 가까워요.
摸兒幾 安那呦 阿住 卡嘎我呦
mo*l.ji/a.na.yo/a.ju/ga.ga.wo.yo
不遠，很近。

골목에서 왼쪽으로 도세요.
□兒末給搜 委揍個囉 偷誰呦
gol.mo.ge.so*/wen.jjo.geu.ro/do.se.yo
請在巷子內左轉。

이 길을 건너 가세요.
衣 可衣惹 恐樓 卡誰呦
i/gi.reul/go*n.no*/ga.se.yo
請過這條馬路。

롯데월드는 어떻게 가면 됩니까?
囉爹我兒特能 喔都K 卡謬 腿你嘎
rot.de.wol.deu.neun/o*.do*.ke/ga.myo*n/dwem.ni.ga
樂天世界要怎麼去？

미안해요. 이 근처는 별로 잘 모릅니다.
米安內呦 衣 肯湊能 批喔囉 插兒 摸冷你答
mi.an.he*.yo//i/geun.cho*.neun/byo*l.lo/jal/mo.reum.
ni.da
對不起，這附近我不太熟。

택시를 타고 가세요.
貼西惹 他溝 咖誰呦
te*k.ssi.reul/ta.go/ga.se.yo
請搭計程車去。

다음 신호등에서 우회전 하세요.
塔恩 新齁登耶搜 烏灰種 哈誰呦
da.eum/sin.ho.deung.e.so*/u.hwe.jo*n/ha.se.yo
請在下個紅綠燈右轉。

어디서 버스를 갈아타나요?
喔滴搜 播思惹 卡拉他那呦
o*.di.so*/bo*.seu.reul/ga.ra.ta.na.yo
要在哪裡換公車呢？

좀 도와주세요.
粽 偷哇組誰呦
jom/do.wa.ju.se.yo
請幫助我。

會 話

Track 024

도와주셔서 감사합니다.
A 投哇組休搜 砍沙憨你答
do.wa.ju.syo*.so*/gam.sa.ham.ni.da
謝謝你的幫助。

아닙니다.
B 阿您你答
a.nim.ni.da
不會。

會 話

어떻게 도와 드릴까요?
A 喔都K 投哇 特里兒嘎呦
o*.do*.ke/do.wa/deu.ril.ga.yo
要怎麼幫您呢？

전 다쳤어요. 구급차를 불러 주세요.
B 重 塔秋搜呦 估可差惹 鋪兒囉 組誰呦
jo*n/da.cho*.sso*.yo//gu.geup.cha.reul/bul.lo*/ju.se.
yo
我受傷了，請幫我叫救護車。

相 關

84

전 길을 잃었습니다.
醜 可衣惹 衣囉森你答
jo*n/gi.reul/i.ro*t.sseum.ni.da
我迷路了。

제가 도움 드릴게요.
賊嘎 偷烏 特里兒給呦
je.ga/do.um/deu.ril.ge.yo
我來幫忙。

좀 도와 주시겠습니까?
粽 偷哇 組西給森你咖
jom/do.wa/ju.si.get.sseum.ni.ga
可以幫忙嗎？

저는 도움이 필요합니다.
醜嫩 偷烏咪 匹溜哈你咖
jo*.neun/do.u.mi/pi.ryo.ham.ni.da
我需要幫助。

짐 좀 옮겨 주시겠어요?
寢 粽 翁個悠 組西給搜呦
jim/jom/om.gyo*/ju.si.ge.sso*.yo
可以幫我搬行李嗎？

뭐 좀 부탁 드려도 돼요?
摸 粽 鋪踏 特溜都 腿呦
mwo/jom/bu.tak/deu.ryo*.do/dwe*.yo
可以拜託你幫忙嗎？

이 일 좀 도와주실래요?
衣 衣兒 綜 偷哇組西兒累呦
i/il/jom/do.wa.ju.sil.le*.yo

可以幫幫我這件事情嗎？

도움이 필요할 때 불러도 될까요?
投烏米 匹溜哈兒 貼 鋪兒囉豆 腿兒嘎呦
do.u.mi/pi.ryo.hal.de*/bul.lo*.do/dwel.ga.yo
我需要幫助的時候，可以請你幫忙嗎？

기꺼이 도와드릴게요.
可衣狗衣 偷哇特里兒給呦
gi.go*.i/do.wa.deu.ril.ge.yo
我很樂意幫助你。

큰 도움이 되었습니다.
坑 投烏咪 腿喔森你答
keun/do.u.mi/dwe.o*t.sseum.ni.da
你幫了大忙。

문제없어요. 꼭 도와줄게요.
木賊喔搜呦 顧 投哇組兒給呦
mun.je.o*p.sso*.yo//gok/do.wa.jul.ge.yo
沒問題，我一定幫你。

정말 미안해요. 도와줄 수가 없어요.
寵馬兒 米安內呦 偷挖組兒 蘇嘎 喔搜呦
jo*ng.mal/mi.an.he*.yo//do.wa.jul.su.ga/o*p.sso*.yo
真對不起，我沒辦法幫助你。

내게 어려운 문제가 있는데, 좀 도와줄 수 있어요?
累給 喔溜溫 木賊嘎 以能貼 綜 偷挖組兒 蘇 衣搜呦
ne*.ge/o*.ryo*.un/mun.je.ga/in.neun.de,/jom/do.wa.jul.su/i.sso*.yo
我有個難題，你可以幫助我嗎？

컴퓨터 좀 쓰게 빌려줄 수 있어요?
恐匹U投 種 思給 匹兒溜組兒 蘇 衣搜呦
ko*m.pyu.to*/jom/sseu.ge/bil.lyo*.jul/su/i.sso*.yo
電腦可以借我用用嗎？

부탁드리고 싶은 게 한 가지 있어요.
鋪他特里溝 西噴 給 憨 嘎幾 衣搜呦
bu.tak.deu.ri.go/si.peun/ge/han/ga.ji/i.sso*.yo
我有事情想拜託你。

무슨 어려움이 있으면 얼마든지 알려주세요.
木神 喔溜烏米 衣思謬 喔兒罵等基 阿兒溜組誰呦
mu.seun/o*.ryo*.u.mi/i.sseu.myo*n/o*l.ma.deun.ji/
al.lyo*.ju.se.yo
如果你有任何困難，儘管告訴我。

遇到困難

살려 주세요.
沙兒溜 組誰呦
sal.lyo*/ju.se.yo
救命啊！

會 話

Track 025

제 짐을 못 찾았습니다. 어떡해요?
賊 幾麼 末 擦炸森你答 喔都K呦
je/ji.meul/mot/cha.jat.sseum.ni.da//o*.do*.ke*.yo
我找不到我的行李，怎麼辦？

분실 수하물 신고처에 가서 물어보세요.
鋪西兒 蘇哈木兒 新溝醜耶 卡搜 木囉頗誰呦
bun.sil/su.ha.mul/sin.go.cho*.e/ga.so*/mu.ro*.bo.se.
yo
去行李遺失申報處問問看吧。

會 話

경찰에 신고해 주세요.
可呦差累 新口黑 組誰呦
gyo*ng.cha.re/sin.go.he*/ju.se.yo
請幫我報警。

무슨 일 생겼어요?
木繩 衣兒 先可呦搜呦
mu.seun/il/se*ng.gyo*.sso*.yo
發生什麼事了？

집에 도둑이 들었습니다.
幾杯 投吐可衣 特囉森你答
ji.be/do.du.gi/deu.ro*t.sseum.ni.da

家裡遭小偷了。

相關

지하철 안에서 핸드폰을 잃어버렸습니다.
幾哈醜兒 安內搜 黑的碰呢 衣囉播溜森你答
ji.ha.cho*l/a.ne.so*/he*n.deu.po.neul/i.ro*.bo*.ryo*t.
sseum.ni.da
我在地鐵內弄丟手機。

교통사고를 당했습니다.
個悠通殺狗惹 躺黑森你答
gyo.tong.sa.go.reul/dang.he*t.sseum.ni.da
我出車禍了。

길을 잃어버렸습니다.
可衣惹 衣囉播溜森你答
gi.reul/i.ro*.bo*.ryo*t.sseum.ni.da
我迷路了。

지갑을 잃어버렸어요.
幾咖爸兒 衣囉播溜搜呦
ji.ga.beul/i.ro*.bo*.ryo*.sso*.yo
我錢包不見了。

소매치기야!
搜妹七可衣呀
so.me*.chi.gi.ya
有扒手啊！

도둑이야!
偷吐可衣呀

do.du.gi.ya
有小偷啊！

제 차는 고장났습니다.
賊 插能 叩髒那森你答
je/cha.neun/go.jang.nat.sseum.ni.da
我的車子壞掉了。

저는 수영 못 해요. 어떡해요?
醜能 蘇永 末 貼呦 喔豆K呦
jo*.neun/su.yo*ng/mot/he*.yo//o*.do*.ke*.yo
我不會游泳，怎麼辦？

버스를 잘못 탔어요.
播思惹 插兒末 他搜呦
bo*.seu.reul/jjal.mot/ta.sso*.yo
我搭錯公車了。

저를 병원으로 좀 데려다 주시겠어요?
醜惹 匹翁我呢囉 綜 貼溜大 組西給搜呦
jo*.reul/byo*ng.wo.neu.ro/jom/de.ryo*.da/ju.si.
ge.sso*.yo
可以帶我到醫院去嗎？

내가 차에 부딪쳤어요.
內嘎 擦耶 鋪滴秋搜呦
ne*.ga/cha.e/bu.dit.cho*.sso*.yo
我被車撞了。

90

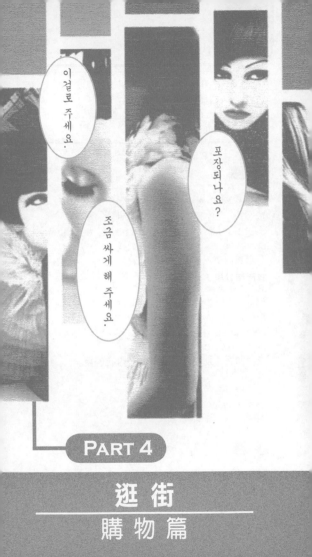

이 근처에 옷가게가 있나요?
衣 肯臭耶 喔咖給嘎 以那呦
i/geun.cho*.e/ot.ga.ge.ga/in.na.yo

這附近有服飾店嗎？

會話

Track 026

속옷을 사고 싶은데, 어디에 가면 됩니까?
搜狗蛇 沙溝 西噴爹 喔滴耶 卡謬 腿你嘎

A
so.go.seul/ssa.go/si.peun.de//o*.di.e/ga.myo*n/
dwem.ni.ga

我想買內衣，要去哪買？

명동에 가세요. 거기 예쁜 속옷을 파는 가게가 많아
요.
謬東耶 卡誰呦 口可衣 耶奔 搜狗蛇 怕能 卡給嘎
蠻那呦

B
myo*ng.dong.e/ga.se.yo//go*.gi/ye.beun/so.go.seul/
pa.neun/ga.ge.ga/ma.na.yo

去明洞吧！那裡有很多賣漂亮內衣的店。

고맙습니다.

A
口媽森你答
go.map.sseum.ni.da

謝謝。

會話

화장품 매장은 몇 층에 있습니까?

A
花髒鋪 美髒恩 謬 層耶 衣森你嘎
hwa.jang.pum/me*.jang.eun/myo*t/cheung.e/
it.sseum.ni.ga

化妝品賣場在幾樓？
화장품 매장은 일층에 있습니다.
花髒鋪 美髒恩 衣兒層耶 衣森你答
hwa.jang.pum/me*.jang.eun/il.cheung.e/it.sseum.
ni.da
化妝品賣場在一樓。

가전제품 매장은 어디입니까?
卡宗彩鋪 美髒恩 喔滴衣你咖
ga.jo*n.je.pum/me*.jang.eun/o*.di.im.ni.ga
家電製品賣場在哪裡？

이어폰은 어디서 살 수 있습니까?
衣喔碰能 喔滴搜 沙兒 蘇 以森你嘎
i.o*.po.neun/o*.di.so*/sal/ssu/it.sseum.ni.ga
耳機哪裡可以買得到呢？

그릇을 사려면 어디로 가야 합니까?
可了森 沙溜謬 喔滴囉 卡呀 憨你嘎
geu.reu.seul/ssa.ryo*.myo*n/o*.di.ro/ga.ya/ham.
ni.ga
買碗盤要去哪裡買呢？

서적 코너가 어디죠?
搜走 口樓嘎 喔滴糾
so*.jo*k/ko.no*.ga/o*.di.jyo
書籍區在哪裡？

어느 쇼핑몰이 세일하고 있습니까?

喔呢 修拼摸里 誰衣拉溝 衣森你嘎
o*.neu/syo.ping.mo.ri/se.il.ha.go/it.sseum.ni.ga
哪家購物中心在打折？

여성복은 몇 층에 있나요?
呦松不更 謬 層耶 衣那呦
yo*.so*ng.bo.geun/myo*t.cheung.e/in.na.yo
女性服飾在幾樓？

여기의 쇼핑가는 어디에 있습니까?
呦可衣耶 修拼咖能 喔滴耶 衣森你嘎
yo*.gi.ui/syo.ping.ga.neun/o*.di.e/it.sseum.ni.ga
這裡的商店街在哪裡？

가까운 야시장이 있습니까?
卡嘎溫 呀西髒衣 衣森你嘎
ga.ga.un/ya.si.jang.i/it.sseum.ni.ga
附近有夜市嗎？

이 근처에 백화점이 있습니까?
衣 肯醜耶 配誘總咪 衣森你嘎
i/geun.cho*.e/be*.kwa.jo*.mi/it.sseum.ni.ga
這附近有百貨公司嗎？

서점을 찾으십니까? 길 건너편에 있습니다.
搜總麼 擦資新你嘎 可衣兒 恐樓匹翁耶 衣森你答
so*.jo*.meul/cha.jeu.sim.ni.ga//gil/go*n.no*.pyo*.ne/
it.sseum.ni.da
您在找書店嗎？馬路對面有。

94

Unit 21　找物品

> 손님, 무엇을 찾으십니까?
> 松濘　木喔什　插資新你嘎
> son.nim//mu.o*.seul/cha.jeu.sim.ni.ga
> **客人，您要找什麼嗎？**

會話

Track 027

어서 오세요. 무엇을 찾으십니까?
喔搜　喔誰呦　木喔蛇　擦資新你嘎
o*.so*/o.se.yo//mu.o*.seul/cha.jeu.sim.ni.ga
歡迎光臨，您要找什麼嗎？

여기서 양말을 팝니까?
呦可衣搜　羊媽惹　盤你嘎
yo*.gi.so*/yang.ma.reul/pam.ni.ga
這裡有賣襪子嗎？

팝니다. 여기 있습니다.
盤你答　呦可衣　衣森你答
pam.ni.da//yo*.gi/it.sseum.ni.da
有賣，在這裡。

會話

저는 반바지를 찾고 있습니다.
醜能　盤怕幾惹　插溝　衣森你答
jo*.neun/ban.ba.ji.reul/chat.go/it.sseum.ni.da
我在找短褲。

저를 따라 오세요. 예쁜 반바지를 보여 드릴게요.
醜惹　答拉　喔誰呦　耶奔　盤怕幾惹　頗呦　特里兒給呦
jo*.reul/da.ra/o.se.yo//ye.beun/ban.ba.ji.reul/bo.yo*/
deu.ril.ge.yo

請跟我來，我拿漂亮的短褲給您看。

한국어 회화책을 찾고 있는데요.
憨估狗 灰花賊哥 擦溝 衣能夗呦
han.gu.go*/hwe.hwa.che*.geul/chat.go/in.neun.de.yo
我在找韓國語會話書籍。

여자친구에게 줄 선물을 사고 싶은데요.
呦炸親估耶給 煮兒 松木惹 沙溝 西噴貼呦
yo*.ja.chin.gu.e.ge/jul/so*n.mu.reul/ssa.go/si.peun.de.yo
我想買送給女朋友的禮物。

핸드백을 보고 싶은데요.
黑特背哥 跛溝 西噴爹呦
he*n.deu.be*.geul/bo.go/si.peun.de.yo
我想看手提包。

저는 하이힐 하나를 사려고 합니다.
醜能 哈衣西兒 哈那惹 沙溜溝 憨你答
jo*.neun/ha.i.hil/ha.na.reul/ssa.ryo*.go/ham.ni.da
我想買一雙高跟鞋。

흰색 원피스 몇 벌을 보여 주세요.
星誰 我匹思 謬頰惹 頰呦 組誰呦
hin.se*k/won.pi.seu/myo*t/bo*.reul/bo.yo*/ju.se.yo
請給我看看幾套白色的連身洋裝。

어머님 생일 선물을 사고 싶은데 어떤 것이 좋겠습

96

니까?
喔摸您 先衣兒 松木惹 沙溝 洗噴爹 喔冬 溝西 醜
給森你嘎
o*.mo*.nim/se*ng.il/so*n.mu.reul/ssa.go/si.peun.de/
o*.do*n/go*.si/jo.ket.sseum.ni.ga
我想買媽媽的生日禮物，哪種好呢？

여기 담배를 팝니까?
呦可衣 攤背惹 判你嘎
yo*.gi/dam.be*.reul/pam.ni.ga
這裡有買香菸嗎？

어떤 물건을 찾고 계십니까?
喔冬 母兒狗呢 插溝 K新你嘎
o*.do*n/mul.go*.neul/chat.go/gye.sim.ni.ga
您在找什麼東西嗎？

귤을 사고 싶은데 여기 있어요?
可U惹 沙溝 西噴爹 呦可衣 衣搜呦
gyu.reul/ssa.go/si.peun.de/yo*.gi/i.sso*.yo
我想買橘子，這裡有嗎？

挑選款式或顏色

어떤 스타일을 원하십니까?
喔冬 思踏衣惹 我那新你嘎
o*.do*n/seu.ta.i.reul/won.ha.sim.ni.ga
您想要哪種樣式的呢?

Track 028

會話

A
이것은 품질이 그저 그렇습니다. 다른 걸 보여 주세요.
衣狗繩 鋪幾里 可醜 可囉森你答 他冷 狗兒 頗呦 組誰呦
i.go*.seun/pum.ji.ri/geu.jo*/geu.ro*.sseum.ni.da/
da.reun/go*l/bo.yo*/ju.se.yo
這個品質一般。請給我看別的。

B
그럼 이것은 어때요?
可龍 衣狗繩 喔爹呦
geu.ro*m/i.go*.seun/o*.de*.yo
那這個怎麼樣?

會話

A
요즘 유행하는 스타일은 어떤 것입니까?
呦贈 U黑哈能 思踏衣冷 喔東 狗新你嘎
yo.jeum/yu.he*ng.ha.neun/seu.ta.i.reun/o*.do*n/go*.
sim.ni.ga
最近流行的樣式是哪一種?

B
올 겨울에는 이런 원피스가 유행입니다. 입어보실래요?
喔兒 可呦烏累能 衣龍 我匹思嘎 U黑影你答 衣頗跛 西兒累呦

ol/gyo*.u.re.neun/i.ro*n/won.pi.seu.ga/yu.he*ng.
im.ni.da//i.bo*.bo.sil.le*.yo
今年冬天很流行這種連身洋裝，您要試穿看看嗎？

相關

이것으로 하얀색이 있어요?
衣狗思囉 哈央誰可衣 衣搜呦
i.go*.seu.ro/ha.yan.se*.gi/i.sso*.yo
這個有白色嗎？

다른 디자인은 있습니까?
他扔 滴炸衣能 衣森你嘎
da.reun/di.ja.i.neun/it.sseum.ni.ga
有其他的設計嗎？

이것 말고 다른 것이 없습니까?
衣狗 馬兒溝 塔扔 狗西 喔布森你嘎
i.go*t/mal.go/da.reun/go*.si/o*p.sseum.ni.ga
我不要這個，沒有別的嗎？

다른 색깔은 없습니까?
他扔 誰嘎愣 喔布森你嘎
da.reun/se*k.ga.reun/o*p.sseum.ni.ga
沒有其他顏色嗎？

말라 보이는 디자인은 있습니까?
媽兒拉 頗衣能 滴炸引能 衣森你嘎
mal.la/bo.i.neun/di.ja.i.neun/it.sseum.ni.ga
有顯瘦的設計嗎？

다른 색을 보여 주세요.

다른 색을 보여 주세요.
踏愣 誰哥 跛呦 組誰呦
da.reun/se*.geul/bo.yo*/ju.se.yo
請給我看其他的顏色。

저게 좋군요. 보여 주시겠어요?
醜給 醜古妞 跛呦 組西給搜呦
jo*.ge/jo.ku.nyo//bo.yo*/ju.si.ge.sso*.yo
那個不錯耶！可以給我看看嗎？

요즘 인기 있는 신발이 어떤 것입니까?
呦贈 贏可衣 以能 新霸里 喔冬 狗新你嘎
yo.jeum/in.gi/in.neun/sin.ba.ri/o*.do*n/go*.sim.ni.ga
最近很受歡迎的鞋子是哪一種？

전 분홍색을 좋아하지 않아요. 빨간색 있어요?
重 鋪烘誰哥 醜啊哈基 安那呦 爸兒乾誰 衣搜呦
jo*n/bun.hong.se*.geul/jjo.a.ha.ji/a.na.yo//bal.gan.
se*k/i.sso*.yo
我不喜歡粉紅色，有紅色嗎？

좀 더 튼튼한 것은 없어요?
粽 投 特特憨 狗神 喔不搜呦
jom/do*/teun.teun.han/go*.seun/o*p.sso*.yo
沒有更堅固一點的嗎？

저 치마 좀 보여 주세요.
醜 妻媽 綜 頗呦 組誰呦
jo*/chi.ma/jom/bo.yo*/ju.se.yo
請給我看那件裙子。

허리띠를 사고 싶어요.
齁里弟惹 沙溝 西頗呦
ho*.ri.di.reul/ssa.go/si.po*.yo

我想買腰帶。

요즘 잘 팔리는 상품 좀 보여 주시겠어요?
呦贈 插兒 怕兒里能 商鋪 綜 頗呦 組西給搜呦
yo.jeum/jal/pal.li.neun/sang.pum/jom/bo.yo*/ju.si.
ge.sso*.yo
可以給我看最近賣得不錯的商品嗎？

저기 걸려 있는 모자 좀 보여 주세요.
醜可衣 口兒溜 衣能 摸炸 綜 頗呦 組誰呦
jo*.gi/go*l.lyo*/in.neun/mo.ja/jom/bo.yo*/ju.se.yo
請給我看看掛在那裡的帽子。

세일중인 목도리들이 어떤 건가요?
誰衣兒尊因 木頭里里 喔東 拱嘎呦
se.il.jung.in/mok.do.ri.deu.ri/o*.do*n/go*n.ga.yo
特價中的圍巾是哪些呢？

어느 것도 손님한테 아주 잘 어울리네요.
喔呢 狗豆 松您寒貼 阿租 插兒 喔烏兒里內呦
o*.neu/go*t.do/son.nim.han.te/a.ju/jal/o*.ul.li.ne.yo
每一樣都很適合您呢！

그 목걸이 예쁘네요. 좀 보여 주세요.
科 末溝里 耶波內呦 綜 頗呦 組誰呦
geu/mok.go*.ri/ye.beu.ne.yo//jom/bo.yo*/ju.se.yo
那條項鍊好漂亮喔！請給我看看。

尺寸、大小

사이즈가 어떻게 되시죠?
沙衣紙嘎 喔都K 腿西糾
sa.i.jeu.ga/o*.do*.ke/dwe.si.jyo
您的尺寸是多少？

Track 029

會話

이 바지를 입어봐도 됩니까?
衣 怕幾惹 衣播怕都 腿你嘎
i/ba.ji.reul/i.bo*.bwa.do/dwem.ni.ga
我可以試穿這件褲子嗎？

예, 탈의실은 저쪽에 있습니다.
耶 踏里西愣 醜走給 衣森你答
ye//ta.rui.si.reun/jo*.jjo.ge/it.sseum.ni.da
可以，試衣間在那裡。

會話

이 신발은 너무 작아요. 더 큰 것이 있나요?
衣 新爸冷 樓木 擦嘎呦 投 坑 狗西 衣那呦
i/sin.ba.reun/no*.mu/ja.ga.yo//do*/keun/go*.si/in.na.
yo
這雙鞋太小了，有再大一點的嗎？

제가 가서 확인해 볼게요. 잠시만 기다리세요.
賊嘎 卡搜 花可衣內 頗兒給呦 禪西蠻 可衣答里誰
呦
je.ga/ga.so*/hwa.gin.he*/bol.ge.yo//jam.si.man/
gi.da.ri.se.yo
我去確認看看，請稍等。

102

相關

한 사이즈 작은 것은 있어요?
憨 沙衣紙 查跟 狗甚 衣搜呦
han/sa.i.jeu/ja.geun/go*.seun/i.sso*.yo
有再小一號的嗎？

이것보다 싼 것은 없습니까?
衣狗跛搭 三 狗甚 喔森你嘎
i.go*t.bo.da/ssan/go*.seun/o*p.sseum.ni.ga
沒有比這個更便宜的嗎？

사이즈는 딱 맞습니다.
沙衣紙能 大 馬森你答
sa.i.jeu.neun/dak/mat.sseum.ni.da
尺寸剛剛好。

사이즈는 좀 작아요.
沙衣紙能 綜 插尬呦
sa.i.jeu.neun/jom/ja.ga.yo
尺寸有點小。

사이즈가 더 큰 걸로 갖다 드릴게요.
沙衣紙嘎 投 坑 狗兒囉 卡搭 特里兒給呦
sa.i.jeu.ga/do*/keun/go*l.lo/gat.da/deu.ril.ge.yo
我去拿大號一點的給您。

치수를 좀 재봅시다.
妻蘇惹 種 賊頗西大
chi.su.reul/jjom/je*.bop.ssi.da
來量尺寸吧。

이 치수는 저한테 너무 클까요?
衣 妻蘇能 醜憨貼 樓木 科兒嘎呦
i/chi.su.neun/jo*.han.te/no*.mu/keul.ga.yo
這個尺寸對我而言會不會太大？

너무 작아요. 제게 맞지 않아요.
樓木 插尬呦 賊給 馬基 安那呦
no*.mu/ja.ga.yo//je.ge/mat.jji/a.na.yo
太小了，不適合我。

37호로 주세요.
三西妻兒齁囉 組誰呦
sam.sip.chil.ho.ro/ju.se.yo
請給我37號。

여기가 좀 꽉 낍니다.
呦可衣嘎 綜 瓜 個衣你答
yo*.gi.ga/jom/gwak/gim.ni.da
這裡很緊。

더 큰 치수가 없습니다.
投 坑 妻蘇嘎 喔不森你答
do*/keun/chi.su.ga/o*p.sseum.ni.da
沒有再大的尺寸了。

어떤 색깔을 좋아하세요?
喔冬 誰嘎惹 醜阿哈誰呦
o*.do*n/se*k.ga.reul/jjo.a.ha.se.yo
您喜歡哪種顏色呢？

이 부츠 흰색이 있습니까?
衣 鋪紙 呵衣誰可衣 衣森你嘎
i/bu.cheu/hin.se*.gi/it.sseum.ni.ga

這雙靴子有白色的嗎？

이 운동화는 파란색만 남았습니다.
衣 溫東化能 怕狼誰蠻 男罵森你答
i/un.dong.hwa.neun/pa.ran.se*ng.man/na.mat.
sseum.ni.da
這雙運動鞋只剩下藍色。

무슨 색상으로 드릴까요?
母神 誰上呢囉 特里兒嘎呦
mu.seun/se*k.ssang.eu.ro/deu.ril.ga.yo
要拿什麼顏色給您呢？

본인이 신으실 겁니까?
朋衣你 西呢西兒 拱你嘎
bo.ni.ni/si.neu.sil/go*m.ni.ga
是你本人要穿的嗎？

> 이것은 특가상품입니다.
> 衣溝神 特咖桑鋪衣你答
> i.go*.seun/teuk.ga.sang.pu.mim.ni.da
> **這是特價品。**

會 話

Track 030

A
이 에어컨 오래 사용가능 합니까?
衣 耶喔恐 喔類 沙庸卡能憨你嘎
i/e.o*.ko*n/o.re*/sa.yong.ga.neung/ham.ni.ga
這台冷氣用得久嗎？

B
걱정하지 마세요. 이 에어컨는 3년동안 품질 보증을 해 드립니다.
口宗哈幾 馬誰呦 衣 耶喔恐能 三妞同安 鋪幾兒 頗曾兒 黑特領你答
go*k.jjo*ng.ha.ji/ma.se.yo//i/e.o*.ko*n.neun/sam.nyo*n.dong.an/pum.jil/bo.jeung.eul/he*/deu.rim.ni.da
您不用擔心，這台冷氣保固三年。

會 話

A
여기 이런 카메라를 팝니까?
呦可衣 衣龍 卡妹啦惹 盤你嘎
yo*.gi/i.ro*n/ka.me.ra.reul/pam.ni.ga
這裡有賣這種相機嗎？

B
죄송합니다. 이 카메라는 다 팔렸습니다.
璀松憨你答 衣 卡妹拉能 他 怕兒溜森你答
jwe.song.ham.ni.da//i/ka.me.ra.neun/da/pal.lyo*t.sseum.ni.da

對不起，這個相機已經全部賣完了。

相關

이걸 상품권으로 샀습니다.
衣溝兒 三鋪裏呢囉 沙森你答
i.go*l/sang.pum.gwo.neu.ro/sat.sseum.ni.da
這是用商品券買的。

이 코트는 바지와 잘 어울리는군요.
衣 叩特能 怕幾哇 插兒 喔烏裡能古妞
i/ko.teu.neun/ba.ji.wa/jal/o*.ul.li.neun.gu.nyo
這外套和褲子很配。

품질이 아주 좋습니다.
鋪基里 阿住 醜森你答
pum.ji.ri/a.ju/jo.sseum.ni.da
品質很好。

이 제품은 노인에게 적합하군요.
衣 賊鋪悶 樓銀耶給 醜卡怕古妞
i/je.pu.meun/no.i.ne.ge/jo*.ka.pa.gu.nyo
這產品很適合老人用耶。

이것은 초급자 대상의 교과서입니다.
衣狗繩 抽可炸 爹商耶 可呦誥搜影你答
i.go*.seun/cho.geup.jja/de*.sang.ui/gyo.gwa.so*.im.ni.da
這是以初學者為對象的教科書。

마음에 들어요. 이걸로 주세요.
馬恩妹 特囉呦 衣溝兒囉 組誰呦

ma.eu.me/deu.ro*.yo//i.go*l.lo/ju.se.yo
我很喜歡，我要買這個。

이것이 내구성이 강합니다.
衣溝西 內酷松衣 扛憨你答
i.go*.si/ne*.gu.so*ng.i/gang.ham.ni.da
這很耐用。

이것은 한국에서 수입한 것입니다.
衣溝神 憨估給搜 蘇衣判 溝西你答
i.go*.seun/han.gu.ge.so*/su.i.pan/go*.sim.ni.da
這是從韓國輸入的。

이것은 진짜 가죽입니다.
衣溝甚 金炸 咖組影你答
i.go*.seun/jin.jja/ga.ju.gim.ni.da
這是真皮。

울 100퍼센트입니다.
烏兒 配波誰特衣你答
ul/be*k.po*.sen.teu.im.ni.da
這是百分之百的毛料。

이런 물건은 흔치 않아요.
衣龍 木兒拱呢 哼七 安那呦
i.ro*n/mul.go*.neun/heun.chi/a.na.yo
這樣的物品不多。

Unit 25

殺價

좀 깎아 주세요.
綜 嘎嘎 組誰呦
jom/ga.ga/ju.se.yo
算便宜一點吧!

Track 031

會話

A 좀 비싸요. 싸게 해 주세요.
綜 匹撒內呦 沙給 黑 組誰呦
jom/bi.ssa.ne.yo//ssa.ge/he*/ju.se.yo
有點貴耶!算便宜一點吧。

B 죄송합니다. 이건 이미 할인된 가격입니다.
璀松憨你答 衣恐 衣米 哈林推 卡可呦衣你答
jwe.song.ham.ni.da//i.go*n/i.mi/ha.rin.dwen/ga.gyo*.
gim.ni.da
對不起,這已經是打折後的價錢了。

會話

A 손님, 사실 겁니까? 싸게 드릴게요.
松您 沙西兒 恐你嘎 撒給 特里兒給呦
son.nim//sa.sil/go*m.ni.ga//ssa.ge/deu.ril.ge.yo
客人,您要買嗎?我算您便宜一點。

B 아니요. 생각 좀 해 보고 올게요.
阿逆呦 先嘎 綜 黑 頗溝 喔兒給呦
a.ni.yo//se*ng.gak/jom/he*/bo.go/ol.ge.yo
不,我考慮一下再過來。

相關

가격이 좀 비싸네요.
卡就可衣 粽 匹沙內呦
ga.gyo*.gi/jom/bi.ssa.ne.yo
價格有點貴。

너무 비싸군요.
樓木 匹沙古妞
no*.mu/bi.ssa.gu.nyo
太貴了。

조금 싸게 해 주세요.
醜跟 沙給 黑 組誰呦
jo.geum/ssa.ge/he*/ju.se.yo
請算便宜一點。

그럼 20프로 깎아드리겠습니다.
可龍 衣西波囉 嘎嘎特里給森你答
geu.ro*m/i.sip.peu.ro/ga.ga.deu.ri.get.sseum.ni.da
那打八折給您。

몇 프로 세일합니까?
謬 破囉 誰衣兒憨你咖
myo*t/peu.ro/se.il.ham.ni.ga
打幾折呢？

할인이 가능한가요?
哈林衣 嘎能憨嘎呦
ha.ri.ni/ga.neung.han.ga.yo
可以打折嗎？

이것보다 더 싼 것은 없어요?
衣溝剖搭 偷 三 狗繩 喔不搜呦
i.go*t.bo.da/do*/ssan/go*.seun/o*p.sso*.yo

沒有比這個更便宜的嗎？

죄송합니다. 저희는 정찰제로 판매합니다.
璀松憨你答 醜西能 重插兒賊囉 潘妹憨你答
Jwe.song.ham.ni.da//jo*.hi.neun/jo*ng.chal.jje.ro/
pan.me*.ham.ni.da
對不起，我們不二價。

지금 사면 50프로 할인됩이다.
妻跟 沙謬 喔西破囉 哈林腿你答
ji.geum/sa.myo*n/o.sip.peu.ro/ha.rin.dwe.bi.da
現在買的話，打5折。

세일 기간이 언제까지입니까?
誰衣兒 可衣趕你 翁賊嘎基衣你嘎
se.il/gi.ga.ni/o*n.je.ga.ji.im.ni.ga
特價到什麼時候？

付款

모두 얼마입니까?
摸肚 喔兒馬衣你嘎
mo.du/o*l.ma.im.ni.ga
全部多少錢？

會 話

Track 032

A
이걸로 주세요.
衣狗囉 組誰呦
i.go*l.lo/ju.se.yo
我要買這個。

B
네, 3만원입니다.
內 三蠻我衣你答
ne//sam.ma.nwo.nim.ni.da
好的，這樣三萬韓元。

A
여기 있습니다. 비닐봉투 하나 더 주세요.
呦可衣 衣森你答 匹你兒朋兔 哈那 投 組誰呦
yo*.gi/it.sseum.ni.da//bi.nil.bong.tu/ha.na/do*/ju.se.
yo
錢在這裡，請再給我一個塑膠袋。

會 話

A
죄송합니다. 우리는 현금만 받습니다.
璀松憨你答 烏里能 呵呦跟蠻 怕森你答
jwe.song.ham.ni.da//u.ri.neun/hyo*n.geum.man/bat.
sseum.ni.da
對不起，我們只收現金。

B
괜찮아요. 저도 현금이 있어요.
虧餐那呦 醜豆 呵呦哥米 衣搜呦

菜韓文 生活會話篇

gwe*n.cha.na.yo//jo*.do/hyo*n.geu.mi/i.sso*.yo
沒關係，我也有現金。

相 關

전부 얼마입니까?
寵不 喔兒馬以你咖
jo*n.bu/o*l.ma.im.ni.ga
全部多少錢？

영수증을 주세요.
勇蘇贈呢 組誰呦
yo*ng.su.jeung.eul/jju.se.yo
請給我收據。

어디서 계산합니까?
喔滴搜 K散憨你嘎
o*.di.so*/gye.san.ham.ni.ga
在哪裡結帳？

여기서는 얼마에 팝니까?
呦可衣搜能 喔兒馬耶 盤你嘎
yo*.gi.so*.neun/o*l.ma.e/pam.ni.ga
這裡賣多少？

자, 거스름돈과 영수증 받으세요.
岔 口思冷同瓜 勇蘇曾 怕的誰呦
ja//go*.seu.reum.don.gwa/yo*ng.su.jeung/ba.deu.
se.yo
來，請收下找的零錢和收據。

분할 지불은 안 됩니다.

鋪哈兒 妻鋪愣 安 對你答
bun.hal/jji.bu.reun/an/dwem.ni.da
不可以分期付款。

지불은 같이 하시겠습니까? 아니면 따로따로 하시
겠습니까?
妻鋪愣 卡器 哈西給森你嘎 阿你謬 答囉答囉 哈西
給森你嘎
ji.bu.reun/ga.chi/ha.si.get.sseum.ni.ga//a.ni.myo*n/
da.ro.da.ro/ha.si.get.sseum.ni.ga
您要一起付，還是分開付？

결제는 카드로 하실 겁니까? 현금으로 하실 겁니까?
個悠兒賊能 卡特囉 哈西兒 拱你嘎 呵呦跟們囉 哈
西兒 拱你嘎
gyo*l.je.neun/ka.deu.ro/ha.sil/go*m.ni.ga//hyo*n.
geu.meu.ro/ha.sil/go*m.ni.ga
您要用信用卡付款，還是用現金付款？

잔돈을 가지고 계세요? 저는 큰돈만 있어요.
禪同呢 卡幾溝 K誰呦 醜能 坑同蠻 衣搜呦
jan.do.neul/ga.ji.go/gye.se.yo//jo*.neun/keun.don.
man/i.sso*.yo
您有零錢嗎？我只剩下大鈔了。

6개월 할부로 부탁합니다.
U給我 哈兒鋪囉 鋪他砍你答
yuk.ge*.wol/hal.bu.ro/bu.ta.kam.ni.da
我要分期六個月。

먼저 선불금을 내셔야 합니다.
盟咒 松鋪兒跟麼 內修呀 憨你答
mo*n.jo*/so*n.bul.geu.meul/ne*.syo*.ya/ham.ni.da

您必須先付款。

그걸로 사겠습니다.
可狗兒囉 沙給森你答
geu.go*l.lo/sa.get.sseum.ni.da
我要買那個。

신용카드 받나요?
新庸卡的 怕那呦
si.nyong.ka.deu/ban.na.yo
可以用信用卡付款嗎？

여행자수표도 받습니까?
呦黑炸酥匹喔都 怕森你嘎
yo*.he*ng.ja.su.pyo.do/bat.sseum.ni.ga
你們收旅行支票嗎？

이것을 반품할 수 있나요?
衣狗蛇 盤鋪哈兒 蘇 衣那呦
i.go*.seul/ban.pum.hal/ssu/in.na.yo
這可以退貨嗎？

Track 033

會 話

이 가방은 흠집이 있는데, 환불해 줄 수 있습니까?
衣 卡邦恩 哼幾逼 衣能爹 歡部勒 組兒 蘇 衣森你嘎

A

i/ga.bang.eun/heum.ji.bi/in.neun.de/hwan.bul.he*/jul/su/it.sseum.ni.ga
這包包有瑕疵，可以退費嗎？

죄송합니다. 환불은 안 되지만 교환할 수 있습니다.
璀松憨你答 歡不冷 安 對幾慢 可呦歡哈兒 蘇 衣森你答

B

jwe.song.ham.ni.da//hwan.bu.reun/an/dwe.ji.man/gyo.hwan.hal/ssu/it.sseum.ni.da
對不起，不可以退費，但是可以換貨。

會 話

환불 받을 수 있을까요?
歡部 怕的 蘇 衣蛇嘎呦

A

hwan.bul/ba.deul/ssu/i.sseul.ga.yo
可以退費嗎？

물론입니다. 사이즈가 안 맞으십니까?
木龍衣你答 沙衣資嘎 安 馬資新你嘎

B

mul.lo.nim.ni.da//sa.i.jeu.ga/an/ma.jeu.sim.ni.ga
當然可以，尺寸不合嗎？

네.
內
ne
是的。

이 청바지를 작은 사이즈로 바꿔주세요.
衣 蔥怕幾惹 插跟 砂衣紙囉 怕郭組誰呦
i/cho*ng.ba.ji.reul/jja.geun/sa.i.jeu.ro/ba.gwo.ju.se.
yo
這件牛仔褲請幫我換小號的。

이 손수건을 다른 색깔로 바꿀 수 있을까요?
衣 松穌拱呢 他扔 誰嘎兒囉 怕估兒 蘇 衣奢嘎呦
i/son.su.go*.neul/da.reun/se*k.gal.lo/ba.gul/su/
i.sseul.ga.yo
這條手帕可以換成其他的顏色嗎？

영수증 갖고 계세요?
勇書曾 卡溝 K誰呦
yo*ng.su.jeung/gat.go/gye.se.yo
您有帶收據嗎？

죄송합니다. 환불은 안 됩니다.
璀松憨你答 歡不冷 安 對你答
jwe.song.ham.ni.da//hwan.bu.reun/an/dwem.ni.da
對不起，不可以退費。

손님, 왜 교환하시려고 하십니까?
松您 喂 個悠歡哈西溜溝 哈西你嘎
son.nim//we*/gyo.hwan.ha.si.ryo*/go/ha.sim.ni.ga

> **客人，您為什麼要換呢？**

결함이 있는 제품인 것 같아요.
可呦兒哈咪 衣能 賊鋪名 溝 卡踏呦
gyo*l.ha.mi/in.neun/je.pu.min/go*t/ga.ta.yo.
這好像有瑕疵。

반품은 구매하신 날짜로부터 7일이내에 가능합니
다.
盤鋪悶 枯妹哈新 那兒炸囉鋪投 妻里里內耶 卡能憨
你答
ban.pu.meun/gu.me*.ha.sin/nal.jja.ro.bu.to*/chi.ri.ri.
ne*.e/ga.neung.ham.ni.da
購買後的七天以內，可以接受退貨。

반품이나, 교환, 환불은 사양합니다.
盤鋪米那 個呦歡恩 歡恩鋪愣 殺央憨你答
ban.pu.mi.na/gyo.hwan/hwan.bu.reun/sa.yang.ham.
ni.da
謝絕退貨、換貨及退費。

Unit 28 購物相關

어서 오세요.
喔搜 喔誰呦
o*.so*/o.se.yo
歡迎光臨。

Track 034

會話

포장되나요?
波髒腿那呦
po.jang.dwe.na.yo
可以包裝嗎？

물론입니다. 어떻게 포장해드릴까요?
木兒龍衣你答 喔都K 波髒黑特里兒嘎呦
mul.lo.nim.ni.da//o*.do*.ke/po.jang.he*.deu.ril.ga.yo
當然可以，要怎麼幫您包裝？

따로 따로 포장해 주세요.
答囉 答囉 頗髒黑 組誰呦
da.ro/da.ro/po.jang.he*/ju.se.yo
請幫我分開包裝。

相關

지금은 영업 중입니다.
七個們 勇喔 尊衣你答
ji.geu.meun/yo*ng.o*p/jung.im.ni.da
現在營業中。

지금은 세일기간입니다.
妻跟悶 誰衣兒可衣乾衣你答

ji.geu.meun/se.il.gi.ga.nim.ni.da
現在是打折期間。

다음에 또 오세요.
踏恩妹 豆 喔誰呦
da.eu.me/do/o.se.yo
歡迎下次光臨。

뭘 사시겠습니까?
摸兒 沙西給森你咖
mwol/sa.si.get.sseum.ni.ga
您要買什麼？

도움이 필요하시면 말씀하세요.
偷屋米 批呦哈西謬 馬兒省媽誰呦
do.u.mi/pi.ryo.ha.si.myo*n/mal.sseum.ha.se.yo
若需要幫忙，就跟我說。

무엇을 도와 드릴까요?
母喔什 偷哇 特里兒嘎呦
mu.o*.seul/do.wa/deu.ril.ga.yo
有什麼需要幫忙的嗎？

제가 소개해 드릴까요?
賊嘎 搜給黑 特里兒嘎呦
je.ga/so.ge*.he*/deu.ril.ga.yo
需要為您介紹嗎？

천천히 구경하세요.
衝衝西 苦個悠嗯哈誰呦
cho*n.cho*n.hi/gu.gyo*ng.ha.se.yo
您慢慢看。

120

저기요, 가격표가 안 보이는데요.
醜可衣呦 咖可呦匹喔嘎 安 跛衣能爹呦
jo*.gi.yo//ga.gyo*k.pyo.ga/an/bo.i.neun.de.yo
店員，我沒看到價格牌耶！

샘플 있나요?
先破兒 衣那呦
se*m.peul/in.na.yo
有試用包嗎？

손님, 추천해 드릴까요?
松瀞 促衝黑 特里兒嘎呦
son.nim/chu.cho*n.he*/deu.ril.ga.yo
客人，需要為您做推薦嗎？

입어봐도 됩니까?
衣播怕豆 腿你咖
i.bo*.bwa.do/dwem.ni.ga
可以試穿嗎？

물건이 언제쯤 들어옵니까?
木兒拱你 翁賊曾 特囉喔你嘎
mul.go*.ni/o*n.je.jjeum/deu.ro*.om.ni.ga
什麼時候會進貨？

지금 재고가 다 떨어졌습니다.
妻更 賊口嘎 踏 都囉糾森你答
ji.geum/je*.go.ga/da/do*.ro*.jo*t.sseum.ni.da
現在都沒有庫存了。

경품 추첨 행사가 있습니까?
可呦恩鋪 促臭 黑沙嘎 衣森你嘎
gyo*ng.pum/chu.cho*m/he*ng.sa.ga/it.sseum.ni.ga

有抽獎活動嗎？

하나 사면 덤으로 하나 더 드립니다.
哈那 沙謬 偷們囉 哈那 投 特零你答
ha.na/sa.myo*n/do*.meu.ro/ha.na/do*/deu.rim.ni.da
買一個就送一個。

소개해 드릴 필요가 있으세요?
搜給黑 特里兒 匹溜嘎 衣思誰呦
so.ge*.he*/deu.ril/pi.ryo.ga/i.sseu.se.yo
有需要為您做介紹嗎？

이 옷 어디에서 샀어요?
衣 喔 喔滴耶搜 沙搜呦
i/ot/o*.di.e.so*/sa.sso*.yo
這件衣服你在哪裡買的？

저기요, 거울이 어디에 있어요?
醜可衣呦 口烏里 喔滴耶 衣搜呦
jo*.gi.yo/go*.u.ri/o*.di.e/i.sso*.yo
請問鏡子在哪裡？

어떤 것을 사실 건지 생각해 두셨어요?
喔冬 狗蛇 沙西兒 拱幾 先嘎k 吐修搜呦
o*.do*n/go*.seul/ssa.sil/go*n.ji/se*ng.ga.ke*/
du.syo*.sso*.yo
想好要買哪一個了嗎？

이걸로 주세요.

제가 내겠습니다.

지금 주문해도 되나요?

PART 5

餐 廳
用餐篇

邀請他人一同用餐

같이 식사하러 갈까요?
卡器 西沙哈囉 卡兒嘎呦
ga.chi/sik.ssa.ha.ro*/gal.ga.yo
你想和我們一起用餐嗎?

會話

Track 035

A
식사 같이 하시겠어요?
西沙 卡器 哈西給搜呦
sik.ssa/ga.chi/ha.si.ge.sso*.yo
您要一起用餐嗎?

B
아닙니다. 저는 이미 먹었습니다.
阿您你答 醜能 衣米 摸狗森你答
a.nim.ni.da//jo*.neun/i.mi/mo*.go*t.sseum.ni.da
不,我已經吃過了。

會話

A
점심은 어디 나가서 먹을까요?
寵新悶 喔滴 那卡搜 摸哥嘎呦
jo*m.si.meun/o*.di/na.ga.so*/mo*.geul.ga.yo
午餐要不要去外面吃?

B
좋죠. 피자를 먹으러 갑시다.
醜就 匹炸惹 摸哥囉 卡西答
jo.chyo//pi.ja.reul/mo*.geu.ro*/gap.ssi.da
好啊,我們去吃披薩吧。

相關

124

이제 밥 먹으러 갈까요?
衣賊 怕 摸哥囉 卡兒嘎呦
i.je/bap/mo*.geu.ro*/gal.ga.yo
現在一起去吃飯，好嗎？

맛있는 식당을 알고 있는데요. 같이 가지 않으실래요?
馬西能 西當兒 阿兒溝 衣能爹呦 卡器 卡基 安呢西兒累呦
ma.sin.neun/sik.dang.eul/al.go/in.neun.de.yo//ga.chi/ga.ji/a.neu.sil.le*.yo
我知道有不錯的餐館，要不要一起去吃？

저 식당의 음식이 맛있어요. 저기로 갈까요?
醜 西當耶 恩西衣衣 馬西搜呦 醜可衣囉 卡兒嘎呦
jo*/sik.dang.ui/eum.si.gi/ma.si.sso*.yo//jo*.gi.ro/gal.ga.yo
那餐廳的料理很好吃，要不要去那裡？

좋은 식당을 알고 계십니까?
醜恩 西當兒 阿兒溝 K新你嘎
jo.eun/sik.dang.eul/al.go/gye.sim.ni.ga
你知道哪裡有不錯的餐廳嗎？

같이 저녁 식사를 합시다.
卡器 醜扭 西沙惹 哈西答
ga.chi/jo*.nyo*k/sik.ssa.reul/hap.ssi.da
一起吃晚餐吧。

이 근처에 레스토랑이 있습니까?
衣 坑醜耶 勒思透朗衣 衣森你嘎
i/geun.cho*.e/re.seu.to.rang.i/it.sseum.ni.ga
這附近有餐廳嗎？

會話

Track 036

A
이 근처에 일식집이 있어요?
衣 坑醜耶 衣兒西幾逼 衣搜呦
i/geun.cho*.e/il.sik.jji.bi/i.sso*.yo
這附近有日式料理店嗎？

B
이 근처에 일식집은 없지만 한식점이 있어요.
衣 坑醜耶 衣兒西幾笨 喔幾慢 憨西總米 衣搜呦
i/geun.cho*.e/il.sik.jji.beun/o*p.jji.man/han.sik.jjo*.
mi/i.sso*.yo
這附近沒有日式料理店，但是有韓式料理店。

A
그럼 우리 돌솥비빔밥을 먹으러 갑시다.
科隆 烏里 頭兒搜匹冰爸笨 末可囉 卡西答
geu.ro*m/u.ri/dol.sot.bi.bim.ba.beul/mo*.geu.ro*/
gap.ssi.da
那我們去吃石鍋拌飯吧！

會話

A
저녁으로 뭘 먹고 싶어요?
醜妞哥囉 摸兒 末溝 西頗呦
jo*.nyo*.geu.ro/mwol/mo*k.go/si.po*.yo
晚餐你想吃什麼？

B
부대찌개를 먹고 싶어요.
鋪貼基給惹 摸溝 西跛呦

bu.de*.jji.ge*.reul/mo*k.go/si.po*.yo
我想吃部隊鍋。

相關

이 근처에 맛있게 하는 음식점은 없어요?
衣 肯醜耶 馬西給 哈能 恩西總們 喔搜呦
i/geun.cho*.e/ma.sit.ge/ha.neun/eum.sik.jjo*.meun/
o*p.sso*.yo
這附近有好吃的餐飲店嗎？

이곳에 중국 식당은 있습니까?
衣口誰 純古 西當恩 衣森你嘎
i.go.se/jung.guk/sik.dang.eun/it.sseum.ni.ga
這裡有中式餐館嗎？

근처에 유명한 프랑스 음식점이 있습니까?
肯醜耶 U謬憨 破狼思 恩西總咪 衣森你嘎
geun.cho*.e/yu.myo*ng.han/peu.rang.seu/eum.sik.
jjo*.mi/it.sseum.ni.ga
附近有沒有知名的法國料理店？

한국음식점에 가서 한국요리를 먹고 싶어요.
憨估恩西總妹 卡搜 憨估呦里惹 摸溝 西波呦
han.gu.geum.sik.jjo*.me/ga.so*/han.gu.gyo.ri.reul/
mo*k.go/si.po*.yo
我想去韓國料理店吃韓國料理。

갑자기 불고기를 먹고 싶어요.
卡渣可衣 鋪兒溝可衣惹 摸溝 西剖呦
gap.jja.gi/bul.go.gi.reul/mo*k.go/si.po*.yo
我突然想吃烤肉。

어서 오세요. 몇 분이세요?
喔搜 喔誰呦 謬 鋪你誰呦
o*.so*/o.se.yo//myo*t/bu.ni.se.yo
歡迎光臨！請問幾位。

會 話

Track 037

지금 빈 자리가 있나요?
妻根 拼 炸里嘎 衣那呦
ji.geum/bin/ja.ri.ga/in.na.yo
現在還有空位嗎？

있습니다. 이쪽으로 오세요. 안내해 드리겠습니다.
衣森你答 衣奏可囉 喔誰呦 安內黑 特里給森你答
it.sseum.ni.da//i.jjo.geu.ro/o.se.yo//an.ne*.he*/deu.ri.get.sseum.ni.da
有的，請往這裡走，我為您帶路。

會 話

어떤 자리를 원하십니까?
喔東 炸里惹 我那新你嘎
o*.do*n/ja.ri.reul/won.ha.sim.ni.ga
您要坐哪裡？

좀 조용한 곳에 앉고 싶습니다.
綜 醜庸憨 狗誰 安溝 西森你答
jom/jo.yong.han/go.se/an.go/sip.sseum.ni.da
我想坐在安靜一點的地方。

알겠습니다.
阿兒給森你答
al.get.sseum.ni.da

128

好的。

相 關

모두 세 명이에요.
摸都 誰 謬衣耶呦
mo.du/se/myo*ng.i.e.yo
總共三個人。

메뉴판 좀 가져다 주세요.
妹妞盤 綜 卡糾答 組誰呦
me.nyu.pan/jom/ga.jo*.da/ju.se.yo
請拿菜單給我。

이리 앉으십시오.
衣里 安資西不休
i.ri/an.jeu.sip.ssi.o
請坐這裡。

다른 자리로 바꿀 수 있습니까?
他愣 插里囉 怕估兒 蘇 衣森你嘎
da.reun/ja.ri.ro/ba.gul/su/it.sseum.ni.ga
我們可不可以換到其他的座位？

저기요. 좌석을 바꾸고 싶은데요.
醜可衣呦 抓搜割 怕估溝 西噴多呦
jo*.gi.yo//jwa.so*.geul/ba.gu.go/si.peun.de.yo
服務員，我要換位子。

금연석을 원하십니까?
肯勇搜割 我那新你嘎
geu.myo*n.so*.geul/won.ha.sim.ni.ga

您要禁菸席嗎？

이쪽으로 앉으십시오. 메뉴 여기 있습니다.
衣咒哥囉 安資西布修 妹妞 呦可衣 衣森你答
i.jjo.geu.ro/an.jeu.sip.ssi.o//me.nyu/yo*.gi/it.sseum.
ni.da
請坐這邊。這是菜單。

4명이 앉을 자리가 있어요?
內謬衣 安遮 插里嘎 衣搜呦
ne.myo*ng.i/an.jeul/jja.ri.ga/i.sso*.yo
有四個人坐的位子嗎？

미리 자리를 예약했습니까?
咪里 插里惹 耶呀k森你嘎
mi.ri/ja.ri.reul/ye.ya.ke*t.sseum.ni.ga
有事先預約嗎？

예약을 안 했어요. 빈 자리가 있어요?
耶呀割 安 黑搜呦 拼 插里嘎 衣搜呦
ye.ya.geul/an/he*.sso*.yo//bin/ja.ri.ga/i.sso*.yo
我沒有預約，有空位嗎？

Unit 32 點餐

지금 주문하시겠습니까?
妻跟 組目那西給森你嘎
ji.geum/ju.mun.ha.si.get.sseum.ni.ga
您現在要點餐嗎？

會話

Track 038

뭘 먹어야 할지 모르겠어요. 추천 좀 해 주세요.
末兒 末狗呀 哈兒幾 摸了給搜呦 促充 綜 黑 組誰呦
mwol/mo*.go*.ya/hal.jji/mo.reu.ge.sso*.yo//chu.cho*n/jom/he*/ju.se.yo
我不知道要吃什麼，請推薦一下。

여기의 삼계탕이 유명합니다. 드셔 보실래요?
呦可衣耶 三K湯衣 U謬憨你答 特休 頗西兒累呦
yo*.gi.ui/sam.gye.tang.i/yu.myo*ng.ham.ni.da//deu.syo*/bo.sil.le*.yo
這裡的蔘雞湯很有名喔！您要吃看看嗎？

네, 그걸로 주세요.
呦 可狗兒囉 組誰呦
ne//geu.go*l.lo/ju.se.yo
好的，給我那個吧。

會話

뭘 드시겠습니까?
末兒 特西給森你嘎
mwol/deu.si.get.sseum.ni.ga
您要吃什麼？

늘 먹던 걸로 주세요.

B

呢 末冬 狗兒囉 組誰呦
neul/mo*k.do*n/go*l.lo/ju.se.yo
請給我我平常點的。

相關

저기요, 치킨 한 마리 주세요.
醜可衣呦 妻可銀 憨 馬里 組誰呦
jo*.gi.yo//chi.kin/han/ma.ri/ju.se.yo
服務員，請給我一隻炸雞。

김치찌개 하나 주세요.
可衣恩七基給 哈那 組誰呦
gim.chi.jji.ge*//ha.na/ju.se.yo
請給我一份泡菜鍋。

다른 주문은 없으십니까?
他愣 組目能 喔不思新你嘎
da.reun/ju.mu.neun/o*p.sseu.sim.ni.ga
還需要別的菜嗎？

지금 주문해도 되나요?
妻跟 組目內都 腿那呦
ji.geum/ju.mun.he*.do/dwe.na.yo
我們現在可以點菜嗎？

좀 있다가 주문하겠습니다.
綜 衣大嘎 組目那給森你答
jom/it.da.ga/ju.mun.ha.get.sseum.ni.da
我待會在點餐。

김치볶음밥 주세요.

김치볶음밥 주세요
gim.chi.bo.geum.bap/ju.se.yo
可衣恩妻破跟爸 組誰呦
我要吃泡菜炒飯。

죄송합니다만 좀 이따가 주문해도 되겠습니까?
璀松憨你答慢 綜 衣大嘎 組目內都 退給森你嘎
jwe.song.ham.ni.da.man/jom/i.da.ga/ju.mun.he*.do/
dwe.get.sseum.ni.ga
對不起，我可以等一下再點餐嗎？

사람이 다 온 다음에 주문하죠.
沙郎衣 大 翁 踏恩妹 組目那就
sa.ra.mi/da/on/da.eu.me/ju.mun.ha.jyo
等人都來後再點。

떡볶이 일인분과 칼국수 하나 부탁 드립니다.
都跛可衣 衣林部刮 卡兒哭蘇 哈那 鋪他 特林你答
do*k.bo.gi/i.rin.bun.gwa/kal.guk.ssu/ha.na/bu.tak/
deu.rim.ni.da
請給我一人份的辣炒年糕和一碗刀切麵。

여기서 제일 잘 하는 요리가 어떤 것입니까?
呦可衣搜 賊衣兒 插兒 哈能 呦里嘎 喔東 狗新你嘎
yo*.gi.so*/je.il/jal/ha.neun/yo.ri.ga/o*.do*n/go*.sim.
ni.ga
這裡最拿手的菜是什麼？

이걸로 주세요.
衣溝囉 組誰呦
i.go*l.lo/ju.se.yo
請給我這個。

주문을 바꿔도 되겠습니까?

組目呢 怕果豆 腿給森你嘎
ju.mu.neul/ba.gwo.do/dwe.get.sseum.ni.ga
可以更改餐點嗎？

잠시 후에 주문할게요.
禪西 虎耶 組目那兒給呦
jam.si/hu.e/ju.mun.hal.ge.yo
我待會再點。

뭔가 득별한 요리가 있습니까?
盟嘎 特匹喔郎 呦里嘎 衣森你嘎
mwon.ga/teuk.byo*l.han/yo.ri.ga/it.sseum.ni.ga
有什麼特別的料理嗎？

야채요리에는 어떤 것이 있습니까?
呀茲耶呦里耶能 喔冬 狗西 衣森你嘎
ya.che*.yo.ri.e.neun/o*.do*n/go*.si/it.sseum.ni.ga
素食有哪些菜？

냉면 드서 보셨어요? 이게 우리 집 가장 인기있는
요리입니다.
雷謬 特休 頗修搜呦 衣給 烏里 幾 卡張 贏可衣衣
能 呦里衣你答
ne*ng.myo*n/deu.syo*/bo.syo*.sso*.yo/i.ge/u.ri/jip/
ga.jang/in.gi.in.neun/yo.ri.im.ni.da
您吃過冷麵嗎？這是我們店裡最有人氣的料理。

134

Unit 33

說明自己的餐點

> 너무 짜지 않게 해 주세요.
> 樓木 渣基 安k 黑 組誰呦
> no*.mu/jja.ji/an.ke/he*/ju.se.yo
> **請不要煮得太鹹。**

會 話

Track 039

스테이크는 완전히 익혀주세요.
思貼衣可能 玩總西 衣可呦組誰呦
seu.te.i.keu.neun/wan.jo*n.hi/i.kyo*.ju.se.yo
牛排我要全熟。

네, 알겠습니다.
內 阿兒給森你答
ne//al.get.sseum.ni.da
好的。

會 話

이 요리는 매운가요?
衣 呦里能 妹文嘎呦
i/yo.ri.neun/me*.un.ga.yo
這道菜會辣嗎？

아니요, 맵지 않습니다.
阿逆呦 妹基 安森你答
a.ni.yo//me*p.jji/an.sseum.ni.da
不，不會辣。

相 關

여기서 드실 겁니까, 가지고 가실 겁니까?
呦可衣搜 特西兒拱你嘎 卡幾溝 卡西兒 拱你嘎
yo*.gi.so*/deu.sil/go*m.ni.ga//ga.ji.go/ga.sil/go*m.
ni.ga
您要內用還是外帶？

이 요리에는 파를 넣지 마세요.
衣 呦里耶能 怕惹 樓基 馬誰呦
i/yo.ri.e.neun/pa.reul/no*.chi/ma.se.yo
這道菜請不要放蔥。

고추를 너무 많이 넣지 마세요.
口促惹 樓木 馬你 樓基 馬誰呦
go.chu.reul/no*.mu/ma.ni/no*.chi/ma.se.yo
請不要放太多辣椒。

담백하게 해주세요. 너무 짠 것은 안 좋아합니다.
彈背哈給 黑組誰呦 樓木 沾 狗剩 安 醜阿憨你答
dam.be*.ka.ge/he*.ju.se.yo//no*.mu/jjan/go*.seun/
an/jo.a.ham.ni.da
請做得清淡一點，我不喜歡吃太鹹。

맵게 해 주세요.
妹給 黑 組誰呦
me*p.ge/he*/ju.se.yo
請幫我弄辣一點。

136

Unit
34
呼叫服務生

반찬을 좀 더 주세요.
盤慚呢 綜 投 組誰呦
ban.cha.neul/jjom/do*/ju.se.yo
請再給我一些小菜。

會話

Track 040

저기요, 화장실이 어디예요?
醜可衣呦 花髒西里 喔滴耶呦
jo*.gi.yo//hwa.jang.si.ri/o*.di.ye.yo
小姐，請問化妝室在哪裡？

2층에 있습니다.
衣層耶 衣森你答
i.cheung.e/it.sseum.ni.da.
在二樓。

會話

아가씨, 식탁 좀 치워 주시겠습니까?
阿嘎西 西他 綜 妻我 組西給森你嘎
a.ga.ssi/sik.tak/jom/chi.wo/ju.si.get.sseum.ni.ga
小姐，可以幫我收拾餐桌嗎？

네.
內
ne
好的。

相關

저기요, 젓가락을 바꿔 주세요.
醜可衣呦 醜卡拉歌 怕郭 組誰呦
jo*.gi.yo//jo*t.ga.ra.geul/ba.gwo/ju.se.yo
服務員，請幫我換雙筷子。

아가씨, 커피를 한 잔 더 주시겠습니까?
阿嘎係 摳批惹 憨 髒 投 組西給你嘎
a.ga.ssi//ko*.pi.reul/han/jan/do*/ju.si.get.sseum.
ni.ga
小姐，可以再給我一杯咖啡嗎？

저기요, 숟가락을 바닥에 떨어뜨렸습니다.
醜可衣呦 數卡拉歌 怕大給 都囉特溜森你答
jo*.gi.yo//sut.ga.ra.geul/ba.da.ge/do*.ro*.deu.ryo*t.
sseum.ni.da
服務員，我的湯匙掉在地上了。

소금 좀 갖다 주시겠어요?
搜跟 綜 卡搭 組西給搜呦
so.geum/jom/gat.da/ju.si.ge.sso*.yo
可以拿鹽給我嗎？

차가운 물을 주세요.
插嘎溫 木惹 組誰呦
cha.ga.un/mu.reul/jju.se.yo
請給我冰水。

물 좀 주시겠습니까?
木兒 綜 組西給森你嘎
mul/jom/ju.si.get.sseum.ni.ga
可以給我一杯水嗎？

접시 하나 더 주세요.

138

醜西 哈那 投 組誰呦
jo*p.ssi/ha.na/do*/ju.se.yo
請再給我一個碟子。

밥 하나 더 주시겠습니까?
怕 哈那 投 組西給森你嘎
bap/ha.na/do*/ju.si.get.sseum.ni.ga
可以再給我一碗飯嗎？

티슈 좀 갖다 주세요.
梯咻 綜 卡搭 組誰呦
ti.syu/jom/gat.da/ju.se.yo
請拿餐巾紙給我。

이걸 좀 싸주세요.
衣狗兒 綜 薩組誰呦
i.go*l/jom/ssa.ju.se.yo
請幫我將這個打包。

재떨이를 주세요.
疵耶豆里惹 組誰呦
je*.do*.ri.reul/jju.se.yo
請給我菸灰缸。

나이프와 포크를 주시겠습니까?
那衣破哇 破渴惹 組西給森你嘎
na.i.peu.wa/po.keu.reul/jju.si.get.sseum.ni.ga
可以拿刀子和叉子給我嗎？

> 디저트는 뭐가 있나요?
> 第咒特能 模嘎 衣哪呦
> di.jo*.teu.neun/mwo.ga/in.na.yo
> **有什麼點心？**

會話

Track 041

A 디저트는 무엇으로 하시겠어요?
滴走特能 木喔思囉 哈西給搜呦
di.jo*.teu.neun/mu.o*.seu.ro/ha.si.ge.sso*.yo
您甜點要吃什麼呢？

B 과일 있습니까?
誇衣兒 衣森你嘎
gwa.il/it.sseum.ni.ga
有水果嗎？

A 있습니다.
衣森你答
it.sseum.ni.da
有的。

B 그럼 과일로 주세요.
科隆 誇衣兒囉 組誰呦
geu.ro*m/gwa.il.lo/ju.se.yo
那請給我水果。

會話

A 마실 건 어떤 게 있습니까?
媽西兒 拱 喔東 給 衣森你嘎
ma.sil/go*n/o*.do*n/ge/it.sseum.ni.ga
喝的有哪些呢？

140

홍차, 커피, 레몬차, 콜라 등이 있습니다.
烘插 口匹 雷蒙插 口兒拉 等衣 衣森你答
hong.cha/ko*.pi/re.mon.cha/kol.la/deung.i/it.sseum.
ni.da
有紅茶、咖啡、檸檬茶和可樂等。

相 關

딸기 케이크와 아이스크림이 있습니다.
答兒可衣 K衣可哇 阿衣思可里咪 衣森你答
dal.gi/ke.i.keu.wa/a.i.seu.keu.ri.mi/it.sseum.ni.da
有草莓蛋糕和冰淇淋。

샐러드 하나 주세요.
誰兒囉的 哈那 組誰呦
se*l.lo*.deu/ha.na/ju.se.yo
請給我一份沙拉。

디저트 말고 과일을 줄 수 있나요?
滴揍特 馬兒夠 誇衣惹 組兒 蘇 衣哪呦
di.jo*.teu/mal.go/gwa.i.reul/jjul/su/in.na.yo
我不要甜點，可以給我水果嗎？

푸딩 하나 주세요.
鋪丁 哈那 組誰呦
pu.ding/ha.na/ju.se.yo
請給我一個布丁。

오늘의 수프는 뭡니까?
喔呢累 數破能 摸你嘎
o.neu.rui/su.peu.neun/mwom.ni.ga
今天的湯是什麼？

디저트로 초콜렛 케이크와 밀크티를 주세요.
滴走特囉 秋□兒累 K衣可哇 米兒可替惹 組誰呦
di.jo*.teu.ro/cho.kol.let/ke.i.keu.wa/mil.keu.ti.reul/jju.
se.yo
甜點請給我巧克力蛋糕和奶茶。

아이스크림을 주세요.
阿衣思可領兒 組誰呦
a.i.seu.keu.ri.meul/jju.se.yo
請給我冰淇淋。

오렌지주스 주세요.
喔累幾組思 組誰呦
o.ren.ji.ju.seu/ju.se.yo
請給我柳橙汁。

어떤 음료수를 원하십니까?
喔冬 恩溜鼠惹 我那新你嘎
o*.do*n/eum.nyo.su.reul/won.ha.sim.ni.ga
您要喝什麼飲料呢？

핫코코아 있나요?
哈□□阿 衣哪呦
hat.ko.ko.a/in.na.yo
有熱可可嗎？

저는 국화차를 마시겠습니다.
醜嫩 褌誇插惹 馬西給森你答
jo*.neun/gu.kwa.cha.reul/ma.si.get.sseum.ni.da
我要喝菊花茶。

뭘 마시겠습니까?
摸兒 媽西給森你嘎

mwol/ma.si.get.sseum.ni.ga
您要喝什麼？

아이스커피 한 잔 주세요.
阿衣思摳批 憨 髒 組誰呦
a.i.seu.ko*.pi/han/jan/ju.se.yo
請給我一杯冰咖啡。

콜라와 사이다가 있습니다. 뭘로 드릴까요?
口兒拉哇 沙衣大嘎 衣森你答 摸兒囉 特里兒嘎呦
kol.la.wa/sa.i.da.ga/it.sseum.ni.da//mwol.lo/deu.ril.
ga.yo
我們有可樂和汽水，您要什麼呢？

어떤 커피를 드릴까요?
喔冬 摳批惹 特里兒嘎呦
o*.do*n/ko*.pi.reul/deu.ril.ga.yo
您要哪種咖啡呢？

저희 집 우롱차를 드셔 보실래요?
醮西 幾 烏龍插惹 特休 頗西兒蕾呦
jo*.hi/jip/u.rong.cha.reul/deu.syo*/bo.sil.le*.yo
您要不要喝喝看我們店裡的烏龍茶呢？

뜨거운 카페라떼를 주세요.
的狗溫 咖胚拉鐵惹 組誰呦
deu.go*.un/ka.pe.ra.de.reul/jju.se.yo
請給我熱的咖啡拿鐵。

콜라 큰 컵 한 잔 주세요.
叩兒拉 坑 口不 憨 髒 組誰呦
kol.la/keun/ko*p/han/jan/ju.se.yo
給我一杯大杯的可樂。

> 맛이 별로예요.
> 馬西 匹喔囉耶呦
> ma.si/byo*l.lo.ye.yo
> **味道一般。**

會 話

Track 042

아가씨, 고기가 충분히 익지 않았는데요.
阿嘎系 口可衣嘎 春鋪你 衣幾 安那能爹呦
a.ga.ssi/go.gi.ga/chung.bun.hi/ik.jji/a.nan.neun.
de.yo

A

小姐,肉沒有全熟耶!

죄송합니다. 바로 바꿔 드릴게요.
璀松憨你答 怕囉 怕郭 特里兒給呦
jwe.song.ham.ni.da//ba.ro/ba.gwo/deu.ril.ge.yo

B

對不起,馬上幫您做更換。

會 話

저기요, 아직 요리 한 가지가 나오지 않았어요.
醜可衣呦 阿寄 呦里 憨 嘎幾嘎 那喔幾 安那搜呦
jo*.gi.yo/a.jik/yo.ri/han/ga.ji.ga/na.o.ji/a.na.sso*.yo

A

服務員,還有一道菜還沒送來。

죄송합니다. 바로 갖다 드리겠습니다.
崔松憨你答 怕囉 卡答 特里給森你答
jwe.song.ham.ni.da//ba.ro/gat.da/deu.ri.get.sseum.
ni.da

B

對不起,馬上幫您送過來。

相關

이것은 제가 주문한 요리가 아닙니다.
衣狗聖 賊嘎 組目憨 呦里嘎 阿您你答
i.go*.seun/je.ga/ju.mun.han/yo.ri.ga/a.nim.ni.da
這不是我點的菜。

얼마나 더 기다려야 돼요?
喔兒媽那 投 可衣答溜呀 腿呦
o*l.ma.na/do*/gi.da.ryo*.ya/dwe*.yo
還要再等多久呢?

이것은 주문하지 않았습니다.
衣狗聖 組目那基 安那森你答
i.go*.seun/ju.mun.ha.ji/a.nat.sseum.ni.da
我沒有點這道菜。

제가 주문한 음식이 아직 안 나왔습니다.
賊嘎 組目憨 恩西可衣 阿寄 安 那哇森你答
je.ga/ju.mun.han/eum.si.gi/a.jik/an/na.wat.sseum.
ni.da
我點的菜還沒送來耶!

저기요, 이 고기가 상했나 봐요. 다시 바꿔 주시겠습
니까?
醜可衣呦 衣 狗可衣嘎 傷黑那 怕呦 踏西 怕郭 組
西給森你嘎
jo*.gi.yo//i/go.gi.ga/sang.he*n.na/bwa.yo./da.si/
ba.gwo/ju.si.get.seum.ni.ga
服務員,這個肉好像壞掉了。可以換一份給我嗎?

차가 식었습니다.

插嘎 西狗森你答
cha.ga/si.go*t.sseum.ni.da
茶冷掉了。

이 생선은 신선하지 않습니다.
衣 先松恩 新松哈基 安森你答
i/se*ng.so*.neun/sin.so*n.ha.ji/an.sseum.ni.da
這海鮮不新鮮。

이 요리는 냄새가 좀 이상합니다.
衣 呦里能 類誰嘎 綜 衣商憨你答
i/yo.ri.neun/ne*m.se*.ga/jom/i.sang.ham.ni.da
這道菜的味道有點奇怪。

많이 기다렸는데 식사는 왜 아직 안 나와요?
馬你 可衣答溜能爹 西沙能 為 阿寄 安 那哇呦
ma.ni/gi.da.ryo*n.neun.de/sik.ssa.neun/we*/a.jik/an/
na.wa.yo
已經等很久了，菜為什麼還沒送上來？

음식이 다 식었어요. 맛없어요.
恩西可衣 塔 西狗搜呦 馬都搜呦
eum.si.gi/da/si.go*.sso*.yo//ma.do*p.sso*.yo
菜都冷了，不好吃。

고기가 덜 익은 것 같습니다.
口可衣嘎 投兒 衣跟 狗 卡森你答
go.gi.ga/do*l/i.geun/go*t/gat.sseum.ni.da
肉好像沒熟。

기름이 너무 많이 들어가서 좀 느끼합니다.
可衣冷咪 樓木 蠻你 特囉卡搜 綜 呢可衣憨你答
gi.reu.mi/no*.mu/ma.ni/deu.ro*.ga.so*/jom/neu.

146

gi.ham.ni.da
太多油了，有點膩。

이건 너무 짜요.
衣拱 樓木 炸呦
i.go*n/no*.mu/jja.yo
這個太鹹了。

結帳

> 제가 내겠습니다.
> 賊嘎 累給森你答
> je.ga/ne*.get.sseum.ni.da
> 我來付錢。

Track 043

會 話

A
제가 내겠습니다.
賊嘎 內給森你答
je.ga/ne*.get.sseum.ni.da
我來付錢。

B
아니요, 우리 터치페이 하는 게 좋겠어요.
阿逆呦 烏里 投七配衣 哈能 給 醜給搜呦
a.ni.yo/u.ri/to*.chi.pe.i/ha.neun/ge/jo.ke.sso*.yo
不，我們各付各的吧。

會 話

A
팁은 따로 계산합니까?
梯奔 答囉 K三憨你嘎
ti.beun/da.ro/gye.san.ham.ni.ga
另收服務費嗎？

B
아니요, 우린 팁은 안 받습니다.
阿逆呦 烏林 梯奔 安 怕森你答
a.ni.yo/u.rin/ti.beun/an/bat.sseum.ni.da
不，我們不收小費。

相 關

148

제가 한턱 낼게요.
賊嘎 憨透 累兒給呦
je.ga/han.to*k/ne*l.ge.yo
我請客。

각자 부담합시다.
卡炸 布當哈西答
gak.jja/bu.dam.hap.ssi.da
我們各自分擔吧！

더치 페이로 합시다.
透妻 配衣囉 哈西答
do*.chi/pe.i.ro/hap.ssi.da
我們各自付錢吧！

다음에 제가 내겠습니다.
踏恩妹 賊嘎 內給森你答
da.eu.me/je.ga/ne*.get.sseum.ni.da
下次我請。

계산서 좀 주시겠어요?
k三搜 綜 組西給搜呦
gye.san.so*/jom/ju.si.ge.sso*.yo
可以給我帳單嗎？

喝酒

> 술 한 잔 하시겠어요?
> 書兒 憨 髒 哈西給搜呦
> sul/han/jan/ha.si.ge.sso*.yo
> **要不要喝一杯？**

Track 044

會 話

A 저기요, 소주 한 병 컵 두개 주세요.
醜可衣呦 搜組 憨 匹呦 口 禿給 組誰呦
jo*.gi.yo/so.ju/han/byo*ng/ko*p/du.ge*/ju.se.yo
服務員，請給我一瓶燒酒兩個杯子。

B 네, 알겠습니다.
內 阿兒給森你答
ne//al.get.sseum.ni.da
好的。

會 話

A 제가 한 잔 따라 드리겠습니다.
賊嘎 憨 髒 答拉 特里給森你答
je.ga/han/jan/da.ra/deu.ri.get.sseum.ni.da
我敬你一杯。

B 아닙니다. 제가 과음했습니다.
阿您你答 賊嘎 誇恩黑森你答
a.nim.ni.da//je.ga/gwa.eum.he*t.sseum.ni.da
不了，我喝多了。

相 關

술 미시는 걸 좋아하세요?
書兒 馬西能 狗兒 醜阿哈誰呦
sul/ma.si.neun/go*l/jo.a.ha.se.yo
你喜歡喝酒嗎?

자, 모두들 건배합시다.
插 模都的兒 恐杯哈西答
ja/mo.du.deul/go*n.be*.hap.ssi.da
來，大家一起乾杯。

맥주 한 잔 주세요.
妹組 憨 髒 組誰呦
me*k.jju/han/jan/ju.se.yo
請給我一杯啤酒。

와인 메뉴 좀 볼까요?
哇因 妹妞 綜 播兒嘎呦
wa.in/me.nyu/jom/bol.ga.yo
可以給我看一下紅酒目錄嗎?

술은 어떤 게 있나요?
書愣 喔冬 給 衣哪呦
su.reun/o*.do*n/ge/in.na.yo
酒有哪些?

소주 한 병 더 주세요.
搜組 憨 匹喔恩 投 組誰呦
so.ju/han/byo*ng/do*/ju.se.yo
請再給我一瓶燒酒。

얼음을 타서 주세요.
喔冷兒 他搜 組誰呦
o*.reu.meul/ta.so*/ju.se.yo

請幫我加冰塊。

안주는 무엇이 있어요?
安組嫩 木喔西 衣搜呦
an.ju.neun/mu.o*.si/i.sso*.yo
有什麼下酒菜？

모두의 건강을 위해서 건배!
模都耶 恐康兒 威黑搜 恐杯
mo.du.ui/go*n.gang.eul/wi.he*.so*/go*n.be*
為了大家的健康，乾杯！

여기 칵테일이 있습니까?
呦可衣 喀貼衣里 衣森你嘎
yo*.gi/kak.te.i.ri/it.sseum.ni.ga
這裡有雞尾酒嗎？

152

用餐相關

맛있게 드셨습니까?
馬西給 特休森你嘎
ma.sit.ge/deu.syo*t.sseum.ni.ga
您吃飽了嗎?

Track 045

會 話

식기 전에 빨리 드세요.
西可衣 總耶 爸兒李 特誰呦
sik.gi/jo*.ne/bal.li/deu.se.yo
趁熱快享用。

네, 고맙습니다.
內 口媽森你答
ne//go.map.sseum.ni.da
好的,謝謝你。

會 話

여기서 드시겠습니까, 아니면 가지고 가시겠습니까?
呦可衣搜 特西給森你嘎 阿逆謬 卡基溝 卡西給森你嘎
yo*.gi.so*/deu.si.get.sseum.ni.ga/a.ni.myo*n/ga.ji.go/ga.si.get.sseum.ni.ga
先生(小姐),您要內用還是外帶?

가지고 갈 겁니다.
卡基溝 卡兒 拱你答
ga.ji.go/gal/go*m.ni.da
我要帶走。

여기서 먹을 겁니다.
呦可衣搜 摸割 拱你答
yo*.gi.so*/mo*.geul/go*m.ni.da
內用。

여기에서 먹겠습니다.
呦可衣耶搜 抹給森你答
yo*.gi.e.so*/mo*k.get.sseum.ni.da
我要在這裡吃。

식당은 몇 시에 시작합니까?
西當恩 謬 西耶 西炸喊你嘎
sik.dang.eun/myo*t/si.e/si.ja.kam.ni.ga
餐廳幾點開始營業？

손님, 죄송합니다. 자리가 다 찼습니다.
松濘 璀松哈你答 插里嘎 他 擦森你答
son.nim//jwe.song.ham.ni.da//ja.ri.ga/da/chat.sse-
um.ni.da
先生（小姐），對不起，已經客滿了。

손님, 여기 앉아서 기다리세요.
松濘 呦可衣 安炸搜 可衣答里誰呦
son.nim//yo*.gi/an.ja.so*/gi.da.ri.se.yo
先生（小姐），請坐在這裡等候。

어떤 음식이 제일 빨리 됩니까?
喔冬 恩西可衣 賊衣兒 爸兒里 腿你嘎
o*.do*n/eum.si.gi/je.il/bal.li/dwem.ni.ga
哪道菜最快煮好？

154

부대찌개를 주문하신 분은 어느 분이십니까?
鋪貼基給惹 組目那新 布嫩 喔呢 布你新你嘎
bu.de*.jji.ge*.reul/jju.mun.ha.sin/bu.neun/o*.neu/
bu.ni.sim.ni.ga
點部隊鍋的客人是哪一位？

손님, 주문하신 음식은 다 나왔습니까?
松寧 組目那新 恩西跟 他 那哇森你嘎
son.nim//ju.mun.ha.sin/eum.si.geun/da/na.wat.
sseum.ni.ga
先生（小姐），您點的東西都送到了嗎？

좀 더 많이 드십시오.
綜 投 馬尼 特西不休
jom/do*/ma.ni/deu.sip.ssi.o.
您再多吃一點。

他（她）們相遇的故事，由你（妳）來決定。

PART 6

日常
生活篇

밥좀더 주세요.
怕綜投組誰呦
bap/jom/do*/ju.se.yo
再給我一點飯。

會話

Track 046

엄마, 밥 언제 먹어요?
翁罵 怕 翁賊 末溝呦
o*m.ma/bap/o*n.je/mo*.go*.yo

媽，什麼時候吃飯啊？

조금만 기다려. 거의 다 준비됐어.
醜跟蠻 可衣答溜 口衣 他 尊逼腿搜
jo.geum.man/gi.da.ryo*//go*.ui/da/jun.bi.dwe*.sso*

再等一下，快準備好了。

會話

아들, 빨리 나와 밥 먹어.
阿的兒 爸里 那哇 怕 末溝
a.deul/bal.li/na.wa/bap/mo*.go*

兒子，快出來吃飯。

전 먹고 싶지 않아요.
重 末溝 西基 安那呦
jo*n/mo*k.go/sip.jji/a.na.yo

我不想吃。

相 關

배고파 죽겠어요. 저녁은 다 준비됐어요?
杯溝怕 處給搜呦 醜妞跟 他 尊逼腿搜呦
be*.go.pa/juk.ge.sso*.yo//jo*.nyo*.geun/da/jun.
bi.dwe*.sso*.yo
肚子餓死了，晚餐都準備好了嗎？

맛있는 음식을 만들어 줄게.
媽西能 恩西哥 蠻特囉 組兒給
ma.sin.neun/eum.si.geul/man.deu.ro*/jul.ge
我做好吃的菜給你吃。

이 요리 맛이 어때요?
衣 呦里 媽西 喔爹呦
i/yo.ri/ma.si/o*.de*.yo
這道菜味道怎麼樣？

맛이 좋네요.
馬西 醜內呦
ma.si/jon.ne.yo
味道不錯耶。

음식이 너무 많아서 다 먹을 수가 없어요.
恩西可衣 樓木 蠻那搜 他 摸哥 蘇嘎 喔搜呦
eum.si.gi/no*.mu/ma.na.so*/da/mo*.geul/ssu.ga/
o*.p.sso*.yo
菜太多了，吃不完。

오늘은 음식이 별로 없네요.
喔呢愣 恩西可衣 匹喔囉 喔部內呦
o.neu.reun/eum.si.gi/byo*l.lo/o*m.ne.yo
今天沒什麼菜。

요즘 식욕이 없어요.

요즘 식욕이 없어요
呦贈 西呦可衣 喔搜呦
yo.jeum/si.gyo.gi/o*p.sso*.yo
最近沒有食慾。

아주 맛있는데요.
阿住 馬西能多呦
a.ju/ma.sin.neun.de.yo
很好吃。

아주 맛있어요. 배 불러요.
阿租 媽西搜呦 胚 鋪兒囉呦
a.ju/ma.si.sso*.yo//be*/bul.lo*.yo
很好吃，我吃飽了。

뭘 먹고 싶어요?
摸兒 摸溝 西播呦
mwol/mo*k.go/si.po*.yo
你想吃什麼？

이거 먹어 봤어?
衣溝 摸溝 怕搜
i.go*/mo*.go*/bwa.sso*
你吃過這個嗎？

천천히 먹어.
匆匆西 摸溝
cho*n.cho*n.hi/mo*.go*
慢慢吃。

Unit 41 打電話

여보세요, 누굴 찾으세요?
呦跛誰呦 努估兒 插資誰呦
yo*.bo.se.yo//nu.gul/cha.jeu.se.yo
喂，請問找哪位？

Track 047

會 話

여보세요, 이선생 계세요?
呦跛誰呦 衣松先 K誰呦
yo*.bo.se.yo//i.so*n.se*ng/gye.se.yo
喂，李先生在家嗎？
전데요. 누구십니까?
重貼呦 努古新你嘎
jo*n.de.yo/nu.gu.sim.ni.ga
就是我，請問哪位？

會 話

박신혜 씨 있습니까?
怕新黑 西 衣森你嘎
bak.ssin.hye/ssi/it.sseum.ni.ga
樸信惠在嗎？
죄송합니다만 신혜는 잠깐 외출중인데요.
崔松憨你答慢 新黑能 禪乾 威出兒尊銀爹呦
jwe.song.ham.ni.da.man/sin.hye.neun/jam.gan/
we.chul.jung.in.de.yo
不好意思，信惠現在外出中。

相 關

준수 씨와 통화하고 싶습니다.
尊蘇 西哇 通花哈溝 西森你答
jun.su/ssi.wa/tong.hwa.ha.go/sip.sseum.ni.da
我想和俊秀講電話。

미안하지만 김선생님 좀 바꿔 주세요.
米安哈幾慢 可衣恩松先濘 綜 怕郭 組誰呦
mi.an.ha.ji.man/gim.so*n.se*ng.nim/jom/ba.gwo/
ju.se.yo
不好意思，麻煩請金老師聽電話。

빨리 어머님에게 전화하세요.
爸兒李 喔摸您耶給 重花哈誰呦
bal.li/o*.mo*.ni.me.ge/jo*n.hwa.ha.se.yo
請快點打電話給你媽媽。

방금 누군가 전화해서 준수 씨를 찾더라고요.
盤跟 努估嘎 重花黑搜 尊蘇 西惹 插都拉溝呦
bang.geum/nu.gun.ga/jo*n.hwa.he*.so*/jun.su/ssi.
reul/chat.do*.ra.go.yo
剛才有人打電話來要找俊秀。

선생님한테 전화하려고 하는데 전화번호를 알고 있
어요?
松先您憨爹 重花哈溜溝 哈能爹 重花朋齁惹 阿兒溝
衣搜呦
so*n.se*ng.nim.han.te/jo*n.hwa.ha.ryo*.go/ha.neun.
de/jo*n.hwa.bo*n.ho.reul/al.go/i.sso*.yo
我想打電話給老師，你知道電話號碼嗎？

여보세요, 서울 호텔이죠?
呦跛誰呦 搜烏兒 齁貼里舊
yo*.bo.se.yo/so*.ul/ho.te.ri.jyo

喂，請問是首爾飯店嗎？

당신 집에 전화했었는데 아무도 없었어요.
糖新 幾杯 重花黑搜能爹 阿木豆 喔搜搜呦
dang.sin/ji.be/jo*n.hwa.he*.sso*n.neun.de/a.mu.do/
o*p.sso*.sso*.yo
我打電話到你家裡，但是都沒人在。

전화 기다릴게요.
重花 可衣笤里兒給呦
jo*n.hwa/gi.da.ril.ge.yo
我等你的電話。

전화가 갑자기 끊어졌어요.
重花嘎 卡渣可衣 跟樓久搜呦
jo*n.hwa.ga/gap.jja.gi/geu.no*.jo*.sso*.yo
電話突然掛斷了。

내선 314로 연결해 주세요.
內送 三胚西沙囉 永個悠累 組誰呦
ne*.so*n/sam.be*k.ssip.ssa.ro/yo*n.gyo*l.he*/ju.se.
yo
請幫我連接到分機314。

여보세요, 김선생님 댁이지요?
呦跛誰呦 可衣恩松先濘 鐵可衣幾呦
yo*.bo.se.yo//gim.so*n.se*ng.nim/de*.gi.ji.yo
喂，是金老師的家嗎？

괜찮아요. 제가 나중에 다시 걸죠.
傀參哪呦 賊嘎 那尊耶 塔西 口兒就
gwe*n.cha.na.yo//je.ga/na.jung.e/da.si/go*l.jyo
沒關係，我以後再打。

교수님은 지금 통화중이시니 잠시만 기다리세요.
可呦蘇您悶 妻跟 通花尊衣西你 禪西蠻 可衣答里誰
呦
gyo.su.ni.meun/ji.geum/tong.hwa.jung.i.si.ni/jam.
si.man/gi.da.ri.se.yo
教授現在在講電話，請您稍等一下。

그의 핸드폰으로 전화해 봐요.
可耶 黑的朋呢囉 重花黑 怕呦
geu.ui/he*n.deu.po.neu.ro/jo*n.hwa.he*/bwa.yo
請打電話到他的手機。

잠시 후에 다시 전화 주시겠습니까?
禪西 呼耶 他西 重花 組西森你嘎
jam.si/hu.e/da.si/jo*n.hwa/ju.si.get.sseum.ni.ga
您可以待會再打電話來嗎？

대만회사의 이수영이 전화했었다고 전해주세요.
貼蠻灰沙耶 衣蘇庸衣 重花嘿叟打溝 重內組誰呦
de*.man.hwe.sa.ui/i.su.yo*ng.i/jo*n.hwa.he*.sso*t.
da.go/jo*n.he*.ju.se.yo
請幫我轉告他台灣公司的李秀英打電話給他。

여기서 국제전화를 할 수 있나요?
呦可衣搜 古賊重花惹 哈兒 蘇 衣那呦
yo*.gi.so*/guk.jje.jo*n.hwa.reul/hal/ssu/in.na.yo
這裡可以打國際電話嗎？

전화를 끊지 마세요. 금방 연결해 드릴게요.
重花惹 跟幾 媽誰呦 肯幫 勇可呦勒 特里兒給呦
jo*n.hwa.reul/geun.chi/ma.se.yo//geum.bang/yo*n.
gyo*l.he*/deu.ril.ge.yo
請您別掛斷電話，馬上幫您接通。

죄송합니다. 잘못 걸었어요.
璀松憨你答 插兒莫 口囉搜呦
jwe.song.ham.ni.da//jal.mot.go*.ro*.sso*.yo
對不起，我打錯電話了。

누구세요?
努古誰呦
nu.gu.se.yo
您是哪位？

실례지만, 누구시죠?
西兒累幾慢 努古西糾
sil.lye.ji.man//nu.gu.si.jyo
不好意思，您是哪位？

잘못 거셨네요. 여기는 은행이 아닙니다.
插兒莫 口休內呦 呦可衣能 恩黑衣 阿您你答
jal.mot.go*.syo*n.ne.yo//yo*.gi.neun/eun.he*ng.i/
a.nim.ni.da
您打錯電話了，這裡不是銀行。

전화가 연결되었습니다.
重花嘎 勇可呦腿喔森你答
jo*n.hwa.ga/yo*n.gyo*l.dwe.o*t.sseum.ni.da
您的電話已經接通了。

전데요.
寵爹呦
jo*n.de.yo
就是我。

전화 주셔서 감사합니다.
重花 組咻搜 砍殺憨你答

jo*n.hwa/ju.syo*.so*/gam.sa.ham.ni.da
謝謝您的來電。

잠깐만요. 불러올게요.
禪乾滿妞 鋪兒囉喔兒給呦
jam.gan.ma.nyo//bul.lo*.ol.ge.yo
請稍等，我叫他來聽電話。

전화 왔어요. 빨리 받아요.
重花 哇搜呦 爸兒里 怕答呦
jo*n.hwa/wa.sso*.yo//bal.li/ba.da.yo
電話響了，快點接。

핸드폰 번호는 몇 번입니까?
黑特朋 朋夠能 謬 崩影你嘎
he*n.deu.pon/bo*n.ho.neun/myo*t/bo*.nim.ni.ga
你的電話號碼是幾號？

지금 자리를 비우셨는데요.
妻跟 插里惹 批烏秀能爹呦
ji.geum/ja.ri.reul/bi.u.syo*n.neun.de.yo
他現在不在位子上。

무슨 일로 전화하셨나요?
目森 衣兒囉 寵花哈休那呦
mu.seun/il.lo/jo*n.hwa.ha.syo*n.na.yo
您因何事來電呢？

이과장님을 바꿔드리겠습니다.
衣垮髒你們兒 怕郭特里給森你答
i.gwa.jang.ni.meul/ba.gwo.deu.ri.get.sseum.ni.da
幫您轉接給李課長。

메시지 남기시겠어요?
妹西幾 男可衣西給搜呦
me.si.ji/nam.gi.si.ge.sso*.yo
您要留言嗎？

몇 번으로 전화하셨습니까?
謬 繃呢囉 重花花咻森你嘎
myo*t/bo*.neu.ro/jo*n.hwa.ha.syo*t.sseum.ni.ga
您撥打幾號呢？

번호는 맞는데, 김준수라는 사람은 없어요.
朋吼能 馬能貼 可衣恩尊蘇拉能 砂郎悶 喔不搜呦
bo*n.ho.neun/man.neun.de//gim.jun.su.ra.neun/
sa.ra.meun/o*p.sso*.yo
號碼沒錯，但是沒有金俊秀這個人。

몇 번 거셨어요?
謬 崩 口休叟呦
myo*t/bo*n/go*.syo*.sso*.yo
你撥幾號？

전 방금 전화한 사람인데요.
寵 盤跟 重花憨 砂啷影爹呦
jo*n/bang.geum/jo*n.hwa.han/sa.ra.min.de.yo
我是剛才打電話的人。

통화중입니다.
通花尊衣你答
tong.hwa.jung.im.ni.da
占線中。

잡음이 있어요.
岔恩衣 衣搜呦

ja.beu.mi/i.sso*.yo
有雜音。

전화를 안 받네요.
寵花惹 安 怕內呦
jo*n.hwa.reul/an/ban.ne.yo
沒人接電話耶。

한국으로 국제전화를 하고 싶은데요.
憨估個囉 苦賊重花惹 哈溝 西噴爹呦
han.gu.geu.ro/guk.jje.jo*n.hwa.reul/ha.go/si.peun.
de.yo
我想打國際電話到韓國。

대구의 지역번호는 뭔가요?
鐵古耶 幾又朋吼能 猛咖呦
de*.gu.ui/ji.yo*k.bo*n.ho.neun/mwon.ga.yo
大邱的區域號碼是多少？

168

Unit 42 郵局

> 우체국에 가서 편지를 부쳐야 합니다.
> 烏猜古給 卡搜 匹翁幾惹 鋪秋呀 憨你答
> u.che.gu.ge/ga.so*/pyo*n.ji.reul/bu.cho*.ya/
> ham.ni.da
> **我要去郵局寄信。**

Track 048

會話

어디로 부치시는 거지요?
喔滴囉 鋪妻西能 狗幾呦
o*.di.ro/bu.chi.si.neun/go*.ji.yo
您要寄到哪裡？

한국으로요. 시간이 얼마나 걸릴까요?
夯估葛囉呦 西乾你 喔兒媽那 狗兒里兒嘎呦
han.gu.geu.ro.yo//si.ga.ni/o*l.ma.na/go*l.lil.ga.yo
寄到韓國，要花多久時間？

會話

소포를 찾으러 왔는데요.
搜跛惹 插資囉 哇能爹呦
so.po.reul/cha.jeu.ro*/wan.neun.de.yo
我是來領包裹的。

신분증을 보여 주세요.
新鋪增兒 頗呦 組誰呦
sin.bun.jeung.eul/bo.yo*/ju.se.yo
請出示身分證。

相關

이 엽서를 부치고 싶은데요.
衣 有叟惹 鋪妻溝 西噴夛呦
i/yo*p.sso*.reul/bu.chi.go/si.peun.de.yo
我要寄這張明信片。

가장 가까운 우체국이 어디입니까?
卡髒 卡嘎溫 烏疵耶古可衣 喔滴以你嘎
ga.jang/ga.ga.un/u.che.gu.gi/o*.di.im.ni.ga
最近的郵局在哪裡？

우체통은 어디에 있습니까?
烏疵耶桶恩 喔滴耶 衣森你嘎
u.che.tong.eun/o*.di.e/it.sseum.ni.ga
請問郵筒在哪裡？

이 편지를 등기로 해주세요.
衣 匹翁幾惹 騰可衣囉 黑組誰呦
i/pyo*n.ji.reul/deung.gi.ro/he*.ju.se.yo
這封信請以掛號寄出。

항공우편으로 하실 거예요, 아니면 일반편지로 하실 거예요?
夯空屋匹翁呢囉 哈西兒 溝耶呦 阿你謬 衣兒般匹翁 幾囉 哈西兒 狗耶呦
hang.gong.u.pyo*.neu.ro/ha.sil/go*.ye.yo//a.ni.myo*n/il.ban.pyo*n.ji.ro/ha.sil/go*.ye.yo
您要寄航空信，還是平信？

여기에 우편번호를 기입해 주세요.
呦可衣耶 烏匹翁朋吼惹 可衣衣胚 組誰呦
yo*.gi.e/u.pyo*n.bo*n.ho.reul/gi.i.pe*/ju.se.yo
請在這裡寫上郵政編號。

편지 부치러 가는데 같이 갈래요?
匹翁幾 撲妻囉 卡能爹 卡器 咖兒累呦
pyo*.n.ji/bu.chi.ro*/ga.neun.de/ga.chi/gal.le*.yo
我要去寄信，要不要一起去？

포장박스 하나에 얼마입니까?
跛髒爸思 哈那耶 喔兒媽衣你咖
po.jang.bak.sseu/ha.na.e/o*l.ma.im.ni.ga
一個包裝箱子要多少錢？

우편요금은 얼마입니까?
烏匹翁呦可悶 喔兒媽衣你嘎
u.pyo*.nyo.geu.meun/o*l.ma.im.ni.ga
郵資多少錢？

이 소포를 미국에 보내고 싶습니다.
衣 搜跛惹 咪估給 跛內溝 西森你答
i/so.po.reul/mi.gu.ge/bo.ne*.go/sip.sseum.ni.da
我想把這包裹寄到美國。

일본까지 항공편으로 보내 주세요.
衣兒蹦嘎基 夯空匹翁呢囉 跛內 組誰呦
il.bon.ga.ji/hang.gong.pyo*.neu.ro/bo.ne*/ju.se.yo
請用空運寄到日本。

우표를 사고 싶은데요.
烏票惹 沙溝 西噴爹呦
u.pyo.reul/ssa.go/si.peun.de.yo
我想買郵票。

빠른 우편으로 부탁합니다. 목적지까지 며칠 걸립니까?
爸冷 烏匹翁噁囉 鋪他砍你答 木走幾嘎幾 謬妻兒

□兒林你嘎
ba.reun/u.pyo*.neu.ro/bu.ta.kam.ni.da//mok.jjo*k.jji.
ga.ji/myo*.chil/go*l.lim.ni.ga
我要用快件寄出。到目的地要幾天的時間？

소포의 내용물은 무엇입니까?
搜跛耶 內庸目愣 目喔新你嘎
so.po.ui/ne*.yong.mu.reun/mu.o*.sim.ni.ga
包裹的內容物為何？

우표는 어디에서 삽니까?
烏匹翁能 喔滴耶搜 散你嘎
u.pyo.neun/o*.di.e.so*/sam.ni.ga
郵票要在哪裡買？

Unit 43 銀行

제 부모님께 송금하고 싶습니다.
賊 鋪摸您給 松根哈溝 西森你答
je/bu.mo.nim.ge/song.geum.ha.go/sip.sse-
um.ni.da
我想匯錢給我爸媽。

Track 049

會 話

여기서 달러를 바꿀 수 있습니까?
呦可衣搜 他兒囉惹 怕估兒 蘇 衣森你嘎
yo*.gi.so*/dal.lo*.reul/ba.gul/su/it.sseum.ni.ga
這裡可以兌換美元嗎?

네, 얼마를 바꿔 드릴까요?
內 喔兒媽惹 怕郭 特里兒嘎呦
ne/o*l.ma.reul/ba.gwo/deu.ril.ga.yo
可以,要幫您換多少錢?

會 話

ATM 어디에 있나요?
ATM 喔滴耶 衣那呦
atm.ga/o*.di.e/in.na.yo
哪裡有ATM?

편의점 안에는 거의 다 ATM이 있습니다.
匹翁衣總 安耶能 口衣 他 ATM衣 衣森你答
pyo*.nui.jo*m/a.ne.neun/go*.ui/da/atm.i/it.sseum.
ni.da
便利商店裡幾乎都有ATM。

계좌를 개설하고 싶은데요.
K抓惹 K搜拉溝 西噴爹呦
gye.jwa.reul/ge*.so*l.ha.go/si.peun.de.yo
我想開戶。

환전해 주세요.
歡棕黑 組誰呦
hwan.jo*n.he*/ju.se.yo
請幫我換錢。

입금하려고 해요.
衣跟哈溜溝 黑呦
ip.geum.ha.ryo*.go/he*.yo
我想存錢。

돈을 좀 찾으려고 합니다.
同呢 綜 插資溜溝 喊你答
do.neul/jjom/cha.jeu.ryo*.go/ham.ni.da
我要領錢。

대출을 받고 싶습니다.
爹促惹 怕溝 西森你答
de*.chu.reul/bat.go/sip.sseum.ni.da
我想貸款。

신용카드를 만들고 싶습니다.
新庸卡特惹 蠻特溝 西森你答
si.nyong.ka.deu.reul/man.deu.go/sip.sseum.ni.da
我想申請信用卡。

Unit 44 上學

> 몇 학년이세요?
> 謬 哈妞衣誰呦
> myo*t/hang.nyo*.ni.se.yo
> 你幾年級？

Track 050

會話

보통 어떻게 학교에 가요?
波通 喔都K 哈可呦耶 卡呦
bo.tong/o*.do*.ke/hak.gyo.e/ga.yo
你通常怎麼去學校？

보통 버스를 타고 학교에 가지만 가끔 지하철도 타요.
頗通 播思惹 他溝 哈可呦耶 卡幾慢 卡跟 幾哈醜兒豆 他呦
bo.tong/bo*.seu.reul/ta.go/hak.gyo.e/ga.ji.man/ga.geum/ji.ha.cho*l.do/ta.yo
通常是搭公車去學校，但有時候會搭地鐵。

會話

오늘 몇 시에 수업이 있죠?
喔呢 謬 西耶 蘇喔逼 衣糾
o.neul/myo*t/si.e/su.o*.bi/it.jjyo
今天你幾點上課？

오후 2시에 수업이 있어요.
喔呼 禿西耶 蘇喔逼 衣搜呦
o.hu/du.si.e/su.o*.bi/i.sso*.yo
下午兩點上課。

수업이 곧 시작됩니다.
蘇喔逼 口 西炸腿你答
su.o*.bi/got/si.jak.dwem.ni.da
馬上要開始上課了。

오후 5시에 수업이 끝나요.
喔呼 他搜西耶 蘇喔逼 跟那呦
o.hu/da.so*t.ssi.e/su.o*.bi/geun.na.yo
下午5點下課。

매일 8교시가 있습니다.
美衣兒 怕兒個悠西嘎 衣森你答
me*.il/pal.gyo.si.ga/it.sseum.ni.da.
每天有八節課。

당신은 대학생입니까?
談新恩 爹哈先衣你嘎
dang.si.neun/de*.hak.sse*ng.im.ni.ga
你是大學生嗎?

저는 대학 중퇴자입니다.
醜能 貼哈 尊推炸衣你答
jo*.neun/de*.hak/jung.twe.ja.im.ni.da
我是大學肄業生。

이 수업은 너무 쉬워서 재미가 없어요.
衣 蘇喔奔 農木 需窩搜 賊米嘎 喔搜呦
i/su.o*.beun/no*.mu/swi.wo.so*/je*.mi.ga/o*p.sso*.
yo
這課程太簡單了，很無聊。

몇 시에 수업이 끝나죠?
謬 西耶 蘇喔逼 跟哪糾
myo*t/si.e/su.o*.bi/geun.na.jyo
幾點下課呢？

시험 결과는 어떻게 되었나요?
西烘 個悠兒刮嫩 喔豆K 腿喔哪呦
si.ho*m/gyo*l.gwa.neun/o*.do*.ke/dwe.o*n.na.yo
考試結果怎麼樣了？

영어 성적은 어땠어요?
勇喔 松走跟 喔貼叟呦
yo*ng.o*/so*ng.jo*.geun/o*.de*.sso*.yo
英文成績怎麼樣？

지각한 적은 없습니까?
妻卡刊 走跟 喔不森你嘎
ji.ga.kan/jo*.geun/o*p.sseum.ni.ga
你有遲到過嗎？

집에서 학교까지 가려면 시간이 얼마나 걸리나요?
幾貝搜 哈個悠嘎幾 咖溜謬 西乾你 喔兒媽那 狗兒里哪呦
ji.be.so*/hak.gyo.ga.ji/ga.ryo*.myo*n/si.ga.ni/o*l.ma.na/go*l.li.na.yo
從家裡到學校，要花多少時間？

上班

저는 지금 회사에 가는 길이에요.
醜能 妻跟 灰沙耶 卡能 可衣李耶呦
jo*.neun/ji.geum/hwe.sa.e/ga.neun/gi.ri.e.yo
我現在要去上班。

Track 051

會 話

잔업은 늘 합니까?
A　禪喔奔 呢 憨你嘎
ja.no*.beun/neul/ham.ni.ga
你經常加班嗎？

아니요, 잔업은 별로 많지 않습니다.
B　阿你呦 禪喔奔 匹兒囉 蠻基 安森你答
a.ni.yo//ja.no*.beun/byo*l.lo/man.chi/an.sseum.ni.da
不，加班的機會不多。

會 話

당신은 어디에서 근무하십니까?
A　糖新恩 喔滴耶搜 肯木哈新你嘎
dang.si.neun/o*.di.e.so*/geun.mu.ha.sim.ni.ga
您在哪裡工作？

무역회사에서 일합니다.
B　木呦虧沙耶搜 衣郎你答
mu.yo*.kwe.sa.e.so*/il.ham.ni.da
我在貿易公司上班。

相 關

몇 시에 출근합니까?
謬 西耶 粗兒跟喊你嘎
myo*t/si.e/chul.geun.ham.ni.ga
你幾點上班？

언제 퇴근합니까?
翁賊 推跟喊你嘎
o*n.je/twe.geun.ham.ni.ga
你什麼時候下班？

집에서 회사까지 멉니까?
幾貝搜 灰沙嘎幾 猛你嘎
ji.be.so*/hwe.sa.ga.ji/mo*m.ni.ga
從家裡到公司很遠嗎？

어제는 3시간 잔업을 했어요.
喔賊能 誰西乾 禪喔笨 黑搜呦
o*.je.neun/se.si.gan/ja.no*.beul/he*.sso*.yo
昨天加了三個小時的班。

내일 출장을 가야 합니다.
內衣兒 出兒髒兒 卡呀 憨你答
ne*.il/chul.jang.eul/ga.ya/ham.ni.da
明天得去出差。

매주 이틀 간 쉽니다.
美煮 衣特 乾 需你答
me*.ju/i.teul/gan/swim.ni.da
每周休息兩天。

美髮廳

어떤 스타일로 해 드릴까요?
喔冬 思踏衣兒囉 黑 特里兒嘎呦
o*.do*n/seu.ta.il.lo/he*/deu.ril.ga.yo
您要剪哪種髮型呢？

會 話

Track 052

A 머리 염색을 하고 싶습니다.
摸里 勇誰哥 哈溝 西森你答
mo*.ri/yo*m.se*.geul/ha.go/sip.sseum.ni.da
我想染髮。

B 어떤 색으로 해 드릴까요?
喔東 誰個囉 黑 特里兒嘎呦
o*.do*n/se*.geu.ro/he*/deu.ril.ga.yo
要幫您染什麼顏色？

A 붉은 장미색으로 염색해 주세요.
鋪兒跟 髒咪誰個囉 勇誰K 組誰呦
bul.geun/jang.mi.se*.geu.ro/yo*m.se*.ke*/ju.se.yo
請幫我染成紅玫瑰色。

會 話

A 어떻게 잘라 드릴까요?
喔都K 插兒拉 特里兒嘎呦
o*.do*.ke/jal.la/deu.ril.ga.yo
要怎麼幫你剪？

B 모양은 그대로 두고 다듬어 주세요.
摸羊恩 可貼囉 兔溝 他的摸 組誰呦
mo.yang.eun/geu.de*.ro/du.go/da.deu.mo*/ju.se.yo
髮型不變，修剪一下就好。

相關

머리만 감겨 주세요.
某里曼 砍個悠 組誰呦
mo*.ri.man/gam.gyo*/ju.se.yo
我只要洗頭就好。

지금 유행하는 스타일로 해 주세요.
妻跟 U黑哈能 思踏衣兒囉 黑 組誰呦
ji.geum/yu.he*ng.ha.neun/seu.ta.il.lo/he*/ju.se.yo
我要換成現在流型的髮型。

앞머리를 조금만 더 잘라 주세요.
阿摸里惹 醜跟蠻 投 插兒拉 組誰呦
am.mo*.ri.reul/jjo.geum.man/do*/jal.la/ju.se.yo
瀏海再幫我剪短一點。

좀 더 짧게 잘라 주세요.
綜 投 渣兒給 插兒拉 組誰呦
jom/do*/jjap.ge/jal.la/ju.se.yo
請再剪短一點。

헤어스타일에 관한 책을 좀 보여 주세요.
嘿喔思踏衣勒 關憨 賊哥 綜 頗呦 組誰呦
he.o*.seu.ta.i.re/gwan.han/che*.geul/jjom/bo.yo*/
ju.se.yo
請給我看髮型書。

이 헤어스타일과 똑같이 해 주세요.
衣 嘿喔思踏衣兒刮 豆咖妻 黑 組誰呦
i/he.o*.seu.ta.il.gwa/dok.ga.chi/he*/ju.se.yo
請幫我用成和這個髮型一樣。

헤어스타일을 좀 바꾸고 싶은데요.
嘿喔思他衣惹 綜 怕估溝 西噴爹呦
he.o*.seu.ta.i.reul/jjom/ba.gu.go/si.peun.de.yo
我想換個髮型。

거울을 보십시오.
口烏惹 頗西不休
go*.u.reul/bo.sip.ssi.o
請照鏡子。

곱슬곱슬하게 해 주십시오.
口奢口奢哈給 黑 組西不休
gop.sseul.gop.sseul.ha.ge/he*/ju.sip.ssi.o
請幫我弄捲。

파마하고 싶어요.
怕媽哈溝 西跛呦
pa.ma.ha.go/si.po*.yo
我想燙髮。

제 헤어스타일 어때요?
賊 嘿喔思踏衣兒 喔貼呦
je/he.o*.seu.ta.il/o*.de*.yo
我的髮型怎麼樣？

마음에 드세요?
馬恩妹 特誰呦
ma.eu.me/deu.se.yo
您滿意嗎？

182

Unit 47 洗衣店

이 정장 세탁 좀 해 주세요.
衣 寵髒 誰他 綜 黑 組誰呦
i/jo*ng.jang/se.tak/jom/he*/ju.se.yo
請幫我洗這件套裝。

會 話

Track 053

세탁물 찾으러 왔습니다.
誰他木兒 插資囉 哇森你答
se.tang.mul/cha.jeu.ro*/wat.sseum.ni.da
我來領取洗好的衣服。

성함이 어떻게 되십니까?
松憨米 喔都K 腿新你嘎
so*ng.ha.mi/o*.do*.ke/dwe.sim.ni.ga
您貴姓大名？

최수영입니다.
璀蘇永衣你答
chwe.su.yo*ng.im.ni.da
崔秀英。

여기 있습니다.
呦可衣 衣森你答
yo*.gi/it.sseum.ni.da
在這裡。

相 關

바지 길이를 좀 줄여 주세요.
怕幾 可衣李惹 綜 處溜 組誰呦
ba.ji/gi.ri.reul/jjom/ju.ryo*/ju.se.yo

請幫我把褲子長度改短一點。

이 코트를 세탁소에 맡겨 주세요.
衣 口特惹 誰他搜耶 馬可呦 組誰呦
i/ko.teu.reul/sse.tak.sso.e/mat.gyo*/ju.se.yo
請把這件外套拿到洗衣店。

이 옷 좀 다려 주세요.
衣 喔 綜 他溜 組誰呦
i/ot/jom/da.ryo*/ju.se.yo
請幫我熨燙這件衣服。

얼룩 좀 제거해 주세요.
喔兒錄 綜 賊溝黑 組誰呦
o*l.luk/jom/je.go*.he*/ju.se.yo
請幫我除掉汙漬。

이건 제 옷이 아니에요.
衣拱 賊 喔西 阿你耶呦
i.go*n/je.o.si/a.ni.e.yo
這不是我的衣服。

이 바지가 너무 길어요. 수선 좀 해 주시겠어요?
衣 怕幾嘎 樓木 可衣囉呦 蘇松 綜 黑 組西給搜呦
i/ba.ji.ga/no*.mu/gi.ro*.yo/su.so*n/jom/he*/ju.si.
ge.sso*.yo
這件褲子太長了，可以幫我修改一下嗎？

이런 얼룩은 제거할 수 없습니다.
衣龍 喔兒路跟 賊溝哈兒 蘇 喔森你答
i.ro*n/o*l.lu.geun/je.go*.hal/ssu/o*p.sseum.ni.da
這種汙漬無法去除。

184

Unit 48 醫院

어디가 아프세요?
喔滴嘎 阿破誰呦
o*.di.ga/a.peu.se.yo
你哪裡不舒服?

Track 054

會話

증상을 좀 말씀해 주시겠어요?
增桑兒 綜 馬森妹 組西給搜呦
jeung.sang.eul/jjom/mal.sseum.he*/ju.si.ge.sso*.yo
可以講一下你的症狀嗎?

발열, 기침이 나는 증상이 있습니다.
怕溜兒 可衣妻咪 那能 曾桑衣 衣森你答
ba.ryo*l/gi.chi.mi/na.neun/jeung.sang.i/it.sseum.
ni.da
有發燒,咳嗽的症狀。

會話

어디가 아프신가요?
喔滴嘎 阿波新嘎呦
o*.di.ga/a.peu.sin.ga.yo
您哪裡不舒服?

아침부터 머리가 아프기 시작했어요.
阿親鋪投 摸里嘎 阿波可衣 西渣K喲呦
a.chim.bu.to*/mo*.ri.ga/a.peu.gi/si.ja.ke*.sso*.yo
從早上就開始頭痛了。

會話

어떻게 오셨나요?
A 喔都K 喔秀那呦
o*.do*.ke/o.syo*n.na.yo
您哪裡不舒服？

열이 있습니다. 그리고 머리가 어지러워요.
B 呦里 衣森你答 可李溝 謀里嘎 喔基囉我呦
yo*.ri/it.sseum.ni.da//geu.ri.go/mo*.ri.ga/o*.ji.ro*.wo.yo
發燒，又頭暈。

相關

계속 기침이 나요. 그리고 목이 아파요.
K嗽 可衣輕咪 那呦 可里溝 某可衣 阿怕呦
gye.sok/gi.chi.mi/na.yo//geu.ri.go/mo.gi/a.pa.yo
一直咳嗽，還會喉嚨痛。

몸이 아픕니다.
某咪 阿噴你答
mo.mi/a.peum.ni.da
我身體不舒服。

다리를 다쳤어요.
塔里惹 塔秋叟呦
da.ri.reul/da.cho*.sso*.yo.
腿受傷了。

이빨이 아파요.
衣爸里 阿怕呦
i.ba.ri/a.pa.yo
牙痛。

186

코가 막힙니다.
扣嘎 馬可衣恩你答
ko.ga/ma.kim.ni.da
我鼻塞了。

계속 열이 나요.
K嗽 呦里 那呦
gye.sok/yo*.ri/na.yo
一直發燒。

요즘 술, 담배를 삼가십시오.
呦增 蘇兒 談胚惹 桑嘎新不休
yo.jeum/sul/dam.be*.reul/ssam.ga.sip.ssi.o
最近酒類和香菸要節制。

충분한 휴식을 취하십시오.
春不男 呵U西哥 去哈西布修
chung.bun.han/hyu.si.geul/chwi.ha.sip.ssi.o
請多休息。

유행성 감기에 걸렸어요.
U黑恩松 砍可衣耶 狗兒溜叟呦
yu.he*ng.so*ng/gam.gi.e/go*l.lyo*.sso*.yo
我得到了流行性感冒。

약 하루에 몇 번 먹습니까?
呀 哈耶 謬崩 末森你嘎
yak/ha.ru.e/myo*t/bo*n/mo*k.sseum.ni.ga
藥一天要吃幾次？

저는 알레르기 체질입니다.
醜嫩 阿兒累了可衣 疵耶基林你答
jo*.neun/al.le.reu.gi/che.ji.rim.ni.da

我是過敏體質。

상태가 상당히 심각합니까?
桑爹嘎 桑當西 新咖砍你嘎
sang.te*.ga/sang.dang.hi/sim.ga.kam.ni.ga
狀況很嚴重嗎?

손을 다쳐서 많이 아파요.
松呢 他邱搜 馬你 阿怕呦
so.neul/da.cho*.so*/ma.ni/a.pa.yo
手受傷了，很痛。

왼쪽 다리가 부러졌습니다.
為走 他里嘎 鋪囉酒森你答
wen.jjok/da.ri.ga/bu.ro*.jo*t.sseum.ni.da
左腳骨折了。

병원에 가서 검사해 봤어요?
匹翁我耶 卡搜 恐沙黑 怕叟呦
byo*ng.wo.ne/ga.so*/go*m.sa.he*/bwa.sso*.yo
你去醫院檢查過了嗎?

진단 결과는 어떻습니까?
金單 個悠兒寡嫩 喔都森你嘎
jin.dan/gyo*l.gwa.neun/o*.do*.sseum.ni.ga
診斷的結果怎麼樣?

저는 이미 퇴원했어요.
醜嫩 衣咪 退我內叟呦
jo*.neun/i.mi/twe.won.he*.sso*.yo
我已經出院了。

언제쯤 나을 수 있을까요?

언제쯤 나을 수 있을까요?
翁賊曾 那兒 蘇 衣奢嘎呦
o*n.je.jjeum/na.eul/ssu/i.sseul.ga.yo
什麼時候才會好啊？

곧 나아질 겁니다.
口 那阿基兒 拱你答
got/na.a.jil/go*m.ni.da
馬上就會好的。

열은 있습니까?
呦愣 衣森你嘎
yo*.reun/it.sseum.ni.ga
有發燒嗎？

언제부터 아프기 시작하셨습니까?
翁賊鋪透 啊破El衣 西渣咖咻森你嘎
o*n.je.bu.to*/a.peu.gi/si.ja.ka.syo*t.sseum.ni.ga
從什麼時候開始不舒服呢？

당신은 수술을 받으셔야 합니다.
談新恩 蘇蘇惹 怕的修呀 喊你答
dang.si.neun/su.su.reul/ba.deu.syo*.ya/ham.ni.da
你必須要動手術。

물을 많이 마시도록 하세요.
木惹 馬你 媽西豆肉 哈誰呦
mu.reul/ma.ni/ma.si.do.rok/ha.se.yo
盡量多喝水。

그 밖에 다른 증세는 없나요?
科 怕給 塔冷 曾誰能 喔那呦
geu/ba.ge/da.reun/jeung.se.neun/o*m.na.yo
除此之外，還有其他症狀嗎？

현재 복용하고 있는 약은 있습니까?
呵呦恩賊 跛個悠嗯哈溝 衣能 呀跟 衣森你嘎
hyo*n.je*/bo.gyong.ha.go/in.neun/ya.geun/it.sseum.
ni.ga
目前有在服用藥物嗎？

식욕은 어떠세요?
西又跟 喔都誰呦
si.gyo.geun/o*.do*.se.yo
食慾如何？

숨을 들이쉬세요.
蘇們 特李需誰呦
su.meul/deu.ri.swi.se.yo
吸氣。

숨을 내쉬세요.
蘇們 累需誰呦
su.meul/ne*.swi.se.yo
吐氣。

체온을 재 봅시다.
疵耶喔呢 賊 跛西答
che.o.neul/jje*/bop.ssi.da
來量體溫。

혈압을 재겠습니다.
呵呦辣兒 賊給森你答
hyo*.ra.beul/jje*.get.sseum.ni.da
來量血壓。

푹 쉬면 나을 겁니다.
鋪 虛謬 那兒 拱你答

190

puk/swi.myo*n/na.eul/go*m.ni.da
好好休息就會好轉的。

하루 빨리 건강을 회복하시기를 바랍니다.
哈 爸兒里 恐剛兒 灰搖咖西可衣惹 怕狼你答
ha.ru/bal.li/go*n.gang.eul/hwe.bo.ka.si.gi.reul/
ba.ram.ni.da
祝你早日康復。

입원하지 않아도 되겠습니까?
衣跛那基 安那豆 腿給森你嘎
i.bwon.ha.ji/a.na.do/dwe.get.sseum.ni.ga
可以不住院嗎？

피가 멈추지 않습니다.
批嘎 蒙促基 安森你答
pi.ga/mo*m.chu.ji/an.sseum.ni.da
血流不止。

이 근처에 약국은 있어요?
衣 肯醜耶 呀估跟 衣叟呦
i/geun.cho*.e/yak.gu.geun/i.sso*.yo
這附近有藥局嗎？

Track 055

會 話

A
두통약을 사고 싶어요.
兔通呀哥 沙溝 西頗呦
du.tong.ya.geul/ssa.go/si.po*.yo
我想買頭痛的藥。

B
처방전이 필요합니다.
醜幫總衣 匹溜憨你答
cho*.bang.jo*.ni/pi.ryo.ham.ni.da
需要處方籤。

會 話

A
이 약은 부작용이 없나요?
衣 呀跟 鋪渣勇衣 喔那呦
i/ya.geun/bu.ja.gyong.i/o*m.na.yo
這個藥沒有副作用嗎？

B
이 약을 먹으면 졸릴 수도 있어요.
衣 呀哥 摸哥謬 醜兒里兒 酥都 衣搜呦
i/ya.geul/mo*.geu.myo*n/jol.lil/su.do/i.sso*.yo
吃了這個藥，可能會想睡覺。

相 關

192

이 약은 두통에 효과가 있습니다.
衣 呀跟 兔通耶 呵呦刮嘎 衣森你答
i/ya.geun/du.tong.e/hyo.gwa.ga/it.sseum.ni.da
這個藥對頭痛很有效。

머리가 아픕니다. 약이 있습니까?
某里嘎 阿噴你搭 呀可衣 衣森你嘎
mo*.ri.ga/a.peum.ni.da//ya.gi/it.sseum.ni.ga
我頭痛，有藥嗎？

진통제가 있나요?
勤通賊嘎 衣那呦
jin.tong.je.ga/in.na.yo
有止痛藥嗎？

아스피린 좀 주시겠어요?
阿思批林 綜 組西給雙呦
a.seu.pi.rin/jom/ju.si.ge.sso*.yo
請給我阿斯匹林。

이 약은 어떻게 복용하나요?
衣 呀跟 喔都K 跛勇哈那呦
i/ya.geun/o*.do*.ke/bo.gyong.ha.na.yo
這個藥該怎麼吃？

식후에 한 알 복용하세요.
西呼耶 憨 阿兒 頗可呦哈誰呦
si.ku.e/han/al/bo.gyong.ha.se.yo
飯後請服用一粒。

반창고와 붕대 좀 주시겠어요?
盤餐溝哇 鋪爹 綜 組西給搜呦
ban.chang.go.wa/bung.de*/jom/ju.si.ge.sso*.yo

可以給我ok繃和繃帶嗎？

얼음 찜질이 도움이 됩니다.
喔冷 金幾粒 偷烏咪 腿你答
o*.reum/jjim.ji.ri/do.u.mi/dwem.ni.da
冰敷很有效。

위장약을 주세요.
威髒呀割 組誰呦
wi.jang.ya.geul/jju.se.yo
請給我胃腸藥。

감기에 걸린 것 같아요.
扛可衣耶 口兒零 狗 卡踏呦
gam.gi.e/go*.l.lin/go*t/ga.ta.yo
我好像感冒了。

멀미약 좀 주시겠어요?
謀兒咪呀 綜 組西給叟呦
mo*l.mi.yak/jom/ju.si.ge.sso*.yo
可以給我一點暈車藥嗎？

이 약은 식후에 드세요.
衣 呀跟 西呼耶 特誰呦
i/ya.geun/si.ku.e/deu.se.yo
這個藥請在飯後服用。

이 약을 네시간 간격으로 드세요.
衣 呀哥 內西乾 刊可呦個囉 特誰呦
i/ya.geul/ne.si.gan/gan.gyo*.geu.ro/deu.se.yo
請每四個小時服用這個藥。

열이 내려가면 이 약을 중지해 주세요.

呦里 內溜卡謬 衣 呀哥 尊幾黑 組誰呦
yo*.ri/ne*.ryo*.ga.myo*n/i/ya.geul/jjung.ji.he*/ju.se.
yo
退燒後就不要再吃這個藥了。

해열제를 주세요.
黑呦兒賊惹 組誰呦
he*.yo*l.je.reul/jju.se.yo
請給我退燒藥。

> 몇 시에 만날까요?
> 謬 西耶 蠻那兒嘎呦
> myo*t/si.e/man.nal.ga.yo
> **幾點見面呢?**

Track 056

會話

이번 일요일에 시간 있어요? 같이 연극을 보러 갈래요?

A
衣崩 衣溜衣類 西乾 衣搜呦 卡器 勇可哥 顏囉 卡兒累呦

i.bo*n/i.ryo.i.re/si.gan/i.sso*.yo/ga.chi/yo*n.geu.geul/bo.ro*/gal.le*.yo

這星期日你有時間嗎?要不要一起去看話劇?

좋아요. 그날엔 저도 할 일이 없어요.

B
醜阿呦 可哪累 丑逗 哈兒 衣里 喔搜呦

jo.a.yo//geu.na.ren/jo*.do/hal.i.ri/o*p.sso*.yo

好啊,那天我也沒事情做。

그럼 우리 오전 9시에 만납시다.

A
科壟 烏里 喔總 阿麴西耶 蠻那西答

geu.ro*m/u.ri/o.jo*n/a.hop.ssi.e/man.nap.ssi.da

那我們上午9點見吧。

會話

몇 시가 편하십니까?

A
謬 西嘎 匹翁哈新你嘎

myo*t/si.ga/pyo*n.ha.sim.ni.ga

你幾點方便?

오후 3시 괜찮아요?

196

喔呼 誰西 虧餐那呦
o.hu/se.si/gwe*n.cha.na.yo
下午三點可以嗎？

相 關

다음 주 수요일에 만납시다.
塔恩 租 蘇呦衣咧 蠻那西大
da.eum/ju/su.yo.i.re/man.nap.ssi.da
下禮拜三見面吧！

우리 어디서 만날까요?
烏里 喔滴搜 蠻那兒嘎呦
u.ri/o*.di.so*/man.nal.ga.yo
我們在哪裡碰面？

내일 약속 안 잊었죠?
累衣兒 呀嗽 安 以走舊
ne*.il/yak.ssok/an/i.jo*t.jjyo
明天的約會你沒忘記吧？

밤 9시는 어떻습니까?
旁 啊厚西能 喔豆森你嘎
bam/a.hop.ssi.neun/o*.do*.sseum.ni.ga
晚上9點如何？

언제 시간이 나십니까?
翁賊 西乾你 那新你嘎
o*n.je/si.ga.ni/na.sim.ni.ga
你什麼時候有時間？

邀請朋友

우리 집에 놀러 오세요.
烏里 幾杯 樓兒囉 喔誰呦
u.ri/ji.be/nol.lo*/o.se.yo
請來我們家玩吧。

Track 057

會話

오늘 밤에 시간 있어요? 우리 집에서 생일 파티가
있는데 같이 올래요?
喔呢 怕妹 西乾 衣搜呦 烏里 幾杯搜 先衣兒 怕滴
嘎 衣能爹 卡器 喔兒累呦
o.neul/ba.me/si.gan/i.sso*.yo//u.ri/ji.be.so*/se*ng.il/
pa.ti.ga/in.neun.de/ga.chi/ol.le*.yo
**今天晚上你有時間嗎？我家有辦生日派對，你要一起
來嗎？**

A

좋습니다. 재미있겠어요.
醜森你答 賊咪衣給搜呦
jo.sseum.ni.da//je*.mi.it.ge.sso*.yo
好啊！一定很好玩。

B

會話

정말 가고 싶지만 오늘은 너무 바빠요.
寵馬兒 卡溝 西幾慢 喔呢冷 樓木 怕爸呦
jo*ng.mal/ga.go/sip.jji.man/o.neu.reun/no*.mu/
ba.ba.yo
我真的很想去，但是今天太忙了。

A

괜찮아요. 다음에 또 초대할게요.
虧餐那呦 他嗯妹 豆 抽爹哈兒給呦
gwe*n.cha.na.yo//da.eu.me/do/cho.de*.hal.ge.yo

B

沒關係，我下次再邀請你。

相關

당신을 저희 집에 초대하고 싶습니다.
談新兒 醜以 幾杯 抽爹哈溝 西森你答
dang.si.neul/jjo*.hi/ji.be/cho.de*.ha.go/sip.sseum.
ni.da
我想邀請您來我們家。

죄송하지만, 참석하지 못할 것 같군요.
璀松哈幾慢 參搜咖基 某他兒 狗 卡古妞
jwe.song.ha.ji.man//cham.so*.ka.ji/mo.tal/go*t/gat.
gu.nyo
對不起，我可能不能參加。

초대는 고맙지만, 해야 할 일이 있습니다.
醜爹能 口馬幾慢 黑呀 哈兒 衣粒 衣森你答
cho.de*.neun/go.map.jji.man//he*.ya/hal/i.ri/
it.sseum.ni.da
謝謝你的邀請，但是我還要事情要處理。

꼭 갈게요.
固 咖兒給呦
gok/gal.ge.yo
我一定會去。

기꺼이 방문하겠습니다.
可衣狗衣 盤目那給森你答
gi.go*.i/bang.mun.ha.get.sseum.ni.da
我很樂意去拜訪您。

술을 대접하고 싶습니다.
書惹 貼走怕溝 西森你答
su.reul/de*.jo*.pa.go/sip.sseum.ni.da
我想請你喝酒。

Unit 52 招待客人

> 차 드세요.
> 名 特誰呦
> cha/deu.se.yo
> **請喝茶。**

會話

Track 058

어서 오세요. 진심으로 환영합니다.
喔搜 喔誰呦 金新悶囉 歡庸憨你答
o*.so*/o.se.yo//jin.si.meu.ro/hwa.nyo*ng.ham.ni.da
歡迎光臨，真心歡迎你。

절 초대해 주셔서 감사합니다.
醜兒 抽爹黑 組休搜 砍殺憨你答
jo*l/cho.de*.he*/ju.syo*.so*/gam.sa.ham.ni.da
謝謝你的邀請。

들어와서 편히 앉으십시오.
特囉哇搜 匹翁西 安資西不休
deu.ro*.wa.so*/pyo*n.hi/an.jeu.sip.ssi.o
進來隨便坐。

會話

뭐 좀 마실래요?
抹 綜 馬西兒累呦
mwo/jom/ma.sil.le*.yo
你要喝點什麼嗎？

저는 커피 주세요.
醜能 口匹 組誰呦
jo*.neun/ko*.pi/ju.se.yo
我要咖啡。

저녁이 준비됐습니다. 여기 앉으세요.
醜妞可衣 純比退森你答 呦可衣 安資誰呦
jo*.nyo*.gi/jun.bi.dwe*t.sseum.ni.da//yo*.gi/an.jeu.se.yo
晚餐準備好了，請坐這裡。

키피 한 잔 하시겠어요?
口匹 憨 髒 哈西給叟呦
ko*.pi/han/jan/ha.si.ge.sso*.yo
要不要來杯咖啡？

마음껏 많이 드세요.
馬恩狗 馬你 特誰呦
ma.eum.go*t/ma.ni/deu.se.yo
請盡情享用。

나중에 다시 찾아뵙겠습니다.
那祖恩耶 他西 插炸陪給森你答
na.jung.e/da.si/cha.ja.bwep.get.sseum.ni.da
我改天再來拜訪您。

아직 이른데 식사를 하고 가세요.
阿寄 衣愣貼 西沙惹 哈溝 咖誰呦
a.jik/i.reun.de/sik.ssa.reul/ha.go/ga.se.yo
時間還早，吃個飯再走吧。

이것은 작은 선물입니다. 받아 주세요.
衣狗繩 炸跟 松木領你答 怕答 組誰呦
i.go*.seun/ja.geun/so*n.mu.rim.ni.da//ba.da/ju.se.yo
這是小禮物，請您收下。

일부러 선물을 가져 올 필요는 없습니다.
衣兒鋪囉 松木惹 卡糾 喔兒 匹溜能 喔森你答
il.bu.ro*/so*n.mu.reul/ga.jo*/ol/pi.ryo.neun/o*p.sse-um.ni.da
您不需要特地帶禮物過來。

맛있는 과자를 좀 사왔어요.
馬西能 誇炸惹 綜 沙哇搜呦
ma.sin.neun/gwa.ja.reul/jjom/sa.wa.sso*.yo
我買來了好吃的餅乾。

다음에 또 우리 집에 오세요.
塔恩妹 豆 烏里 幾杯 喔誰呦
da.eu.me/do/u.ri/ji.be/o.se.yo
下次再來我們家喔。

사양하지 마시고 더 드십시오.
沙央哈基 媽西狗 投 特西不休
sa.yang.ha.ji/ma.si.go/do*/deu.sip.ssi.o
不要客氣，多吃一點。

조심히 가세요. 시간이 있으면 또 놀러 오세요.
醜西咪 咖誰呦 西乾你 衣思謬 豆 樓兒囉 喔誰呦
jo.sim.hi/ga.se.yo/si.ga.ni/i.sseu.myo*n/do/nol.lo*/o.se.yo
小心慢走，有時間再來玩喔！

他（她）們相遇的故事，由你（妳）來決定。

당신의 취미는 무엇입니까?
談新耶 去咪能 目喔新你嘎
dang.si.nui/chwi.mi.neun/mu.o*.sim.ni.ga
您的興趣是什麼？

會 話

Track 059

취미가 뭐예요?
去咪嘎 摸耶呦
chwi.mi.ga/mwo.ye.yo
興趣是什麼？

A

제 취미는 사진찍기입니다.
賊 去咪能 沙金寄可衣衣你答
je/chwi.mi.neun/sa.jin.jjik.gi.im.ni.da
我的興趣是拍照。

B

會 話

취미를 물어도 될까요?
去咪惹 木囉豆 腿兒嘎呦
chwi.mi.reul/mu.ro*.do/dwel.ga.yo
請問你的興趣是？

A

제 취미는 수영입니다.
賊 去咪能 蘇庸衣你答
je/chwi.mi.neun/su.yo*ng.im.ni.da
我的興趣是游泳。

B

相 關

테니스를 치는 것도 좋아합니다.
貼你思惹 妻能 狗豆 醜阿憨你答
te.ni.seu.reul/chi.neun/go*t.do/jo.a.ham.ni.da
我也很喜歡打網球。

이주 좋은 취미를 가지셨군요.
阿住 醜恩 去咪惹 咖幾咻古妞
a.ju/jo.eun/chwi.mi.reul/ga.ji.syo*t.gu.nyo
您有很不錯的愛好呢！

당신의 취미생활은 무엇입니까?
談新耶 去咪先花愣 目喔新你嘎
dang.si.nui/chwi.mi.se*ng.hwa.reun/mu.o*.sim.ni.ga
您業餘愛好是什麼呢？

정치에 관심이 있으세요?
重妻耶 狂西咪 衣思誰呦
jo*ng.chi.e/gwan.si.mi/i.sseu.se.yo
你對政治有興趣嗎？

제 취미는 야구관람입니다.
賊 去咪能 呀估狂拉米你答
je/chwi.mi.neun/ya.gu.gwal.la.mim.ni.da
我的興趣是看棒球賽。

저는 특별한 취미는 없습니다.
醜能 特票郎 去咪能 喔森你答
jo*.neun/teuk.byo*l.han/chwi.mi.neun/o*p.sseum.ni.da
我沒有特殊的愛好。

영화관에 얼마나 자주 가요?
勇花館耶 喔兒馬那 插租 咖呦
yo*ng.hwa.gwa.ne/o*l.ma.na/ja.ju/ga.yo
你常去電影院嗎？

Track 060

會話

A
영화 어땠어요?
勇花 喔爹搜呦
yo*ng.hwa/o*.de*.sso*.yo
電影好看嗎？

B
너무 재미있었어요. 미연 씨도 빨리 보러 가요.
樓木 賊米衣搜搜呦 咪永 西豆 爸兒里 跛囉 咖呦
no*.mu/je*.mi.i.sso*.sso*.yo//mi.yo*n/ssi.do/bal.li/
bo.ro*/ga.yo
很好看，美妍你也快去看。

會話

A
어떤 영화를 즐겨 보세요?
喔東 庸花惹 遮兒可呦 頗誰呦
o*.do*n/yo*ng.hwa.reul/jjeul.gyo*/bo.se.yo
你喜歡看什麼電影？

B
저는 공포 영화가 좋아요.
醜能 空波 傭花嘎 醜阿呦
jo*.neun/gong.po/yo*ng.hwa.ga/jo.a.yo
我喜歡恐怖電影。

相關

이 영화 전에 본 적이 있어요.
衣 勇花 重內 朋 走可衣 衣搜呦
i/yo*ng.hwa/jo*.ne/bon/jo*.gi/i.sso*.yo
我有看過這部電影。

어떤 영화를 보고 싶어요?
喔冬 永花惹 跛溝 西跛呦
o*.do*n/yo*ng.hwa.reul/bo.go/si.po*.yo
你想看什麼電影？

어떤 종류의 영화 보고 싶어요?
喔冬 寵恩溜耶 勇花 跛溝 西波呦
o*.do*n/jong.nyu.ui/yo*ng.hwa/bo.go/si.po*.yo
你想看什麼種類的電影？

그 영화는 언제 상영하나요?
科 勇花能 翁賊 桑永哈那呦
geu/yo*ng.hwa.neun/o*n.je/sang.yo*ng.ha.na.yo
那部電影何時上映啊？

최근에 무슨 좋은 영화가 있나요?
崔跟內 木神 醜恩 勇花嘎 衣那呦
chwe.geu.ne/mu.seun/jo.eun/yo*ng.hwa.ga/in.na.yo
最近有什麼好電影嗎？

영화관에 가는 것보다 집에서 DVD를 보는 게 더 좋아요.
勇花館耶 嘎能 狗跛答 幾杯搜 DVD惹 跛能 給 投 醜阿呦
yo*ng.hwa.gwa.ne/ga.neun/go*t.bo.da/ji.be.so*/dvd.reul/bo.neun/ge/do*/jo.a.yo
比起去電影院，我更喜歡在家看DVD。

영화에서 음악이 좋았어요.
勇花耶搜 恩阿可衣 醜阿搜呦
yo*ng.hwa.e.so*/eu.ma.gi/jo.a.sso*.yo
電影裡的音樂很棒。

이 영화는 정말 감동적이네요.
衣 勇花能 寵恩媽兒 砍冬走可衣內呦
i/yo*ng.hwa.neun/jo*ng.mal/gam.dong.jo*.gi.ne.yo
這部電影真感人。

이 영화에 너무 실망했어요.
衣 勇花耶 樓木 西兒媽黑搜呦
i/yo*ng.hwa.e/no*.mu/sil.mang.he*.sso*.yo
我對這部電影很失望。

영화가 너무 슬퍼요.
勇花嘎 樓木 思兒破呦
yo*ng.hwa.ga/no*.mu/seul.po*.yo
電影很悲傷。

전 코미디 영화를 많이 봐요.
重 扣咪滴 勇花惹 馬你 怕呦
jo*n/ko.mi.di/yo*ng.hwa.reul/ma.ni/bwa.yo
我大多是看喜劇片。

그 영화 평론이 패 좋던데. 그거 볼래요?
科 勇花 票恩囉你 規 醜動爹 可狗 跛兒累呦
geu/yo*ng.hwa/pyo*ng.no.ni/gwe*/jo.to*n.de//geu.go*/bol.le*.yo
那部電影評論不錯，要不要那哪部？

우리 영화 보러 갑시다.
烏里 勇花 跛囉 卡西答

u.ri/yo*ng.hwa/bo.ro*/gap.ssi.da
我們一起去看電影吧。

보고 싶은 영화 있어요?
跛溝 西噴 勇花 衣搜呦
bo.go/si.peun/yo*ng.hwa/i.sso*.yo
你有想看的電影嗎？

뭐에 관한 영화였어요?
摸耶 狂憨 勇花又搜呦
mwo.e/gwan.han/yo*ng.hwa.yo*.sso*.yo
是有關什麼的電影？

제 취미는 영화감상입니다.
賊 去咪能 勇花砍桑衣你答
je/chwi.mi.neun/yo*ng.hwa.gam.sang.im.ni.da
我的興趣是看電影。

특별히 좋아하는 배우가 있어요?
特票哩 醜阿哈能 胚烏嘎 衣搜呦
teuk.byo*l.hi/jo.a.ha.neun/be*.u.ga/i.sso*.yo
你有特別喜歡的演員嗎？

이 영화의 주인공은 누구인가요?
衣 勇花耶 祖迎公嗯 努估銀嘎呦
i/yo*ng.hwa.ui/ju.in.gong.eun/nu.gu.in.ga.yo
這部電影的主角是誰？

시험은 아주 쉬웠어요.
西烘悶 阿住 需我搜呦
si.ho*.meun/a.ju/swi.wo.sso*.yo
考試很簡單。

Track 061

會 話

내일부터 기말시험입니다.
A 累衣兒鋪偷 可衣馬兒西烘衣你答
ne*.il.bu.to*/gi.mal.ssi.ho*.mim.ni.da
明天就是期末考了。

그럼 오늘은 푹 쉬고 내일 시험을 볼 때 졸지 마요.
科龍 喔呢冷 鋪 需溝 累衣兒 西烘麼 頗兒 爹 醜兒
B 基馬呦
geu.ro*m/o.neu.reun/puk/swi.go/ne*.il/si.ho*.meul/
bol/de*/jol.ji/ma.yo
那今天你好好休息，明天考試的時候不要打瞌睡了。

會 話

수영씨는 전공이 뭐예요?
A 蘇永西能 重工衣 某耶呦
su.yo*ng.ssi.neun/jo*n.gong.i/mwo.ye.yo
秀英你主修什麼科系？

저는 무역학을 전공해요.
B 醜能 木又哈哥 重公黑呦
jo*.neun/mu.yo*.ka.geul/jjo*n.gong.he*.yo
我主修貿易學。

212

相關

저는 고려대학에 다녀요.
醜能 溝溜爹哈給 搭妞呦
jo*.neun/go.ryo*.de*.ha.ge/da.nyo*.yo
我就讀高麗大學。

저는 연세대 출신입니다.
醜能 永誰貼 處兒新衣你答
jo*.neun/yo*n.se.de*/chul.si.nim.ni.da
我是延世大出身的。

지금 대학교 1학년입니다.
幾根 貼哈個悠 衣拉妞衣你答
ji.geum/de*.hak.gyo/il.hang.nyo*.nim.ni.da
現在是大學一年級。

저는 다음 달에 졸업할 예정입니다.
醜能 塔恩 打勒 醜囉怕兒 耶宗衣你答
jo*.neun/da.eum/da.re/jo.ro*.pal/ye.jo*ng.im.ni.da
我預計下個月畢業。

수학은 그다지 재미있지 않아요.
蘇哈根 可他幾 賊米衣基 安那呦
su.ha.geun/geu.da.ji/je*.mi.it.jji/a.na.yo
數學不怎麼有趣。

시험은 합격했습니다.
西烘悶 哈個悠K森你答
si.ho*.meun/hap.gyo*.ke*t.sseum.ni.da
考試合格了。

졸업하면 대학원에 들어갈 생각입니다.
醜兒囉怕謬 貼哈果內 特囉卡兒 先咖可衣你答
jo.ro*.pa.myo*n/de*.ha.gwo.ne/deu.ro*.gal/sse*ng.ga.gim.ni.da
畢業後，我打算進入研究所。

대학 때 경영학을 전공했습니다.
貼哈 爹 可呦傭哈哥 重工黑森你答
de*.hak/de*/gyo*ng.yo*ng.ha.geul/jjo*n.gong.he*t.sseum.ni.da
大學的時候，我主修經營學。

드디어 박사학위를 땄습니다.
特滴喔 怕沙哈龜惹 答森你答
deu.di.o*/bak.ssa.ha.gwi.reul/dat.sseum.ni.da
我終於取得博士學位了。

평소에 어디에서 공부합니까?
匹翁搜耶 喔滴耶搜 宮鋪憨你嘎
pyo*ng.so.e/o*.di.e.so*/gong.bu.ham.ni.ga
你平常都在哪裡讀書的？

전 지금 도서관에서 한국어를 공부하고 있습니다.
重 幾根 投搜管耶搜 憨估狗惹 恐鋪哈溝 衣森你答
jo*n/ji.geum/do.so*.gwa.ne.so*/han.gu.go*.reul/gong.bu.ha.go/it.sseum.ni.da
我現在在圖書館裡讀韓語。

이번 시험은 생각보다 어려웠습니다.
衣崩 衣哄們 先嘎頗大 喔溜我森你答
i.bo*n/si.ho*.meun/se*ng.gak.bo.da/o*.ryo*.wot.sseum.ni.da
這次的考試比我想像的還要困難。

Unit 56 談工作

어떤 일을 하십니까?
喔冬 衣惹 哈新你嘎
o*.do*n/i.reul/ha.sim.ni.ga
您在做什麼工作？

Track 062

會話

당신 다니는 회사는 어디에 있습니까?
糖新 塔你能 灰沙能 喔滴耶 衣森你嘎
dang.sin/da.ni.neun/hwe.sa.neun/o*.di.e/it.sseum.
ni.ga
你上班的公司在哪裡？

우리 회사는 서울에 있습니다.
烏里 灰沙能 搜烏勒 衣森你答
u.ri/hwe.sa.neun/so*.u.re/it.sseum.ni.da
我們公司在首爾。

무슨 일을 맡아서 하세요?
木繩 衣惹 媽踏搜 哈誰呦
mu.seun/i.reul/ma.ta.so*/ha.se.yo
你負責什麼工作？

비서 일을 하고 있습니다.
匹搜 衣惹 哈溝 衣森你答
bi.so*/i.reul/ha.go/it.sseum.ni.da
我在做秘書的工作。

會話

회의는 몇 시에 시작됩니까?
灰衣能 謬 西耶 西炸腿你嘎
hwe.ui.neun/myo*t/si.e/si.jak.dwem.ni.ga

幾點開始開會？
15분 후에 시작됩니다.
西跛部 呼耶 西炸腿你答
si.bo.bun/hu.e/si.jak.dwem.ni.da
十五分鐘後開始開會。

相關

저는 화장품 회사에서 일합니다.
醜能 花髒鋪 灰沙耶搜 衣郎你答
jo*.neun/hwa.jang.pum/hwe.sa.e.so*/il.ham.ni.da
我在化妝品公司工作。

저는 한국 회사에서 근무하고 있습니다.
醜能 憨估 灰沙耶搜 肯木哈溝 衣森你答
jo*.neun/han.guk/hwe.sa.e.so*/geun.mu.ha.go/
it.sseum.ni.da
我在韓國外商公司上班。

일은 아직 익숙하지 않습니다.
衣冷 阿寄 衣速咖基 安森你答
i.reun/a.jik/ik.ssu.ka.ji/an.sseum.ni.da
工作還沒熟悉。

회계 일은 저와 맞지 않습니다.
灰K 衣冷 醜哇 馬基 安森你答
hwe.gye/i.reun/jo*.wa/mat.jji/an.sseum.ni.da
會計的工作不適合我。

새 직장은 어떻습니까?
誰 幾髒恩 喔都森你嘎
se*/jik.jjang.eun/o*.do*.sseum.ni.ga

216

新公司怎麼樣？

회사 일이 너무 바빠서 그만두고 싶습니다.
灰沙 衣李 樓木 怕爸搜 可慢兔溝 西森你答
hwe.sa/i.ri/no*.mu/ba.ba.so*/geu.man.du.go/sip.
sseum.ni.da
公司的工作太忙了，想辭職。

주유소에서 아르바이트를 하고 있습니다.
住U搜耶搜 阿了爸衣特惹 哈溝 衣森你答
ju.yu.so.e.so*/a.reu.ba.i.teu.reul/ha.go/it.sseum.
ni.da
我在加油站打工。

다음 달에 한국에 출장을 갈 거예요.
塔恩 大勒 憨估給 出兒髒兒 卡兒 溝耶呦
da.eum/da.re/han.gu.ge/chul.jang.eul/gal/go*.ye.yo
下個月我要去韓國出差。

계속 좋은 일자리를 찾지 못했어요.
K嗽 醜恩 衣兒炸里惹 插基 末貼搜呦
gye.sok/jo.eun/il.ja.ri.reul/chat.jji/mo.te*.sso*.yo
一直找不到好的工作。

하루에 몇 시간씩 일합니까?
哈嚕耶 謬 西乾系 衣浪你嘎
ha.ru.e/myo*t/si.gan.ssik/il.ham.ni.ga
你一天要工作幾個小時？

한 달에 월급은 얼마입니까?
憨 搭勒 我兒跟們 喔兒嗎影你嘎
han/da.re/wol.geu.beun/o*l.ma.im.ni.ga
你一個月的薪水多少錢？

어떤 요리를 좋아하세요?
喔冬 呦里惹 醜阿哈誰呦
o*.do*n/yo.ri.reul/jjo.a.ha.se.yo
你喜歡吃什麼料理？

Track 063

會 話

A

대만요리를 먹어 본 적이 있나요?
鐵彎呦里惹 某溝 朋 走基 衣那呦
de*.ma.nyo.ri.reul/mo*.go*/bon/jo*.gi/in.na.yo
你吃過台灣菜嗎？

B

네, 먹어 본 적이 있어요. 한국요리보다 더 맛있다고
생각해요.
內 抹溝 朋 走可衣 衣搜呦 憨估呦里頗答 投 馬西
打勾 先嘎K呦
ne/mo*.go*/bon/jo*.gi/i.sso*.yo//han.gu.gyo.ri.bo.da/
do*/ma.sit.da.go/se*ng.ga.ke*.yo
我吃過了，我覺得比韓國料理還要好吃。

會 話

A

이 맛을 좋아하세요?
衣 馬蛇 醜啊哈誰呦
i/ma.seul/jjo.a.ha.se.yo
你喜歡這個味道嗎？

B

맛있지만 저에게는 조금 맵습니다.
媽西幾慢 醜耶給能 醜跟 妹森你答
ma.sit.jji.man/jo*.e.ge.neun/jo.geum/me*p.sseum.
ni.da
很好吃，但是對我而言有點辣。

相關

프랑스 요리를 좋아해요? 일본 요리를 좋아해요?
噴嘟思 呦里惹 醜阿黑呦 衣兒崩 呦里惹 醜阿黑呦
peu.rang.seu/yo.ri.reul/jjo.a.he*.yo//il.bon/yo.ri.reul/
jjo.a.he*.yo
你喜歡法國料理？還是喜歡日本料理？

순두부찌개를 먹어 봤어요?
蘇恩都鋪機給惹 某溝 怕搜呦
sun.du.bu.jji.ge*.reul/mo.go*/bwa.sso*.yo
你吃過嫩豆腐鍋嗎？

단 것을 좋아하시는군요.
談 狗蛇 醜阿哈西能古妞
dan/go*.seul/jjo.a.ha.si.neun.gu.nyo
您喜歡甜的東西啊！

너무 싱거워서 입에 맞지 않아요.
樓木 新溝我搜 衣杯 馬基 安那呦
no*.mu/sing.go*.wo.so*/i.be/mat.jji/a.na.yo
太清淡了，不合我的口味。

전 한식을 좋아합니다.
重 憨西哥 醜阿喊你答
jo*n/han.si.geul/jjo.a.ham.ni.da
我喜歡韓式料理。

저는 먹는 걸 안 기려요.
醜能 某能 溝兒 安 卡溜呦
jo*.neun/mo*ng.neun/go*l/an/ga.ryo*.yo
我吃東西不挑。

저는 뭐든 거의 다 잘 먹어요.
醜能 某鄒 溝以 塔 插兒 某溝呦
jo*.neun/mwo.deun/go*.ui/da/jal/mo*.go*.yo
我幾乎什麼都吃。

저는 매운 것을 못 먹습니다.
醜能 美溫 狗蛇 盟 末森你答
jo*.neun/me*.un/go*.seul/mot/mo*k.sseum.ni.da
我不能吃辣的食物。

요즘 식욕이 좋아요
呦贈 西又基 醜阿呦
yo.jeum/si.gyo.gi/jo.a.yo
最近食欲很好。

오늘 과식했어요.
喔呢 誇西K搜呦
o.neul/gwa.si.ke*.sso*.yo
今天吃太多了。

이건 제 입맛에 안 맞아요.
衣拱 賊 衣馬誰 安 馬炸呦
i.go*n/je/im.ma.se/an/ma.ja.yo
這不合我的口味。

소금을 좀 뿌리면 더 맛있습니다.
搜跟們 綜 不里謬 投 馬西森你答
so.geu.meul/jjom/bu.ri.myo*n/do*/ma.sit.sseum.
ni.da
灑點鹽會更好吃。

언제 간장을 넣습니까?
翁賊 刊髒兒 樓森你嘎

o*n.je/gan.jang.eul/no*.sseum.ni.ga
什麼時候加醬油？

케이크를 만들 줄 아세요?
K衣可惹 蠻特 租兒 阿誰呦
ke.i.keu.reul/man.deul/jjul/a.se.yo
你會做蛋糕嗎？

고기보다 생선을 더 좋아합니다.
□可衣顏大 先松呢 投 醜阿憨你答
go.gi.bo.da/se*ng.so*.neul/do*/jo.a.ham.ni.da
比起肉，我更愛吃魚。

고추를 그대로 먹으면 아주 맵습니다.
□促惹 可貼囉 摸可謬 阿珠 妹森你答
go.chu.reul/geu.de*.ro/mo*.geu.myo*n/a.ju/me*p.
sseum.ni.da
直接吃辣椒會很辣。

남자친구가 있습니까?
男渣親古嘎 衣森你嘎
nam.ja.chin.gu.ga/it.sseum.ni.ga
你有男朋友嗎？

Track 064

어제 남자친구랑 또 싸웠어요. 기분 참 나빠요.
喔賊 男渣親估郎 豆 撒窩搜呦 可衣鋪 餐 那爸呦

A o*.je/nam.ja.chin.gu.rang/do/ssa.wo.sso*.yo//gi.bun/cham/na.ba.yo

昨天我又和男朋友吵架了，心情很差。

무슨 일로 싸운 거예요?
木繩 衣兒囉 撒溫 狗耶呦

B mu.seun/il.lo/ssa.un/go*.ye.yo

為了什麼事情吵架呢？

어제 나는 기차역에서 한 시간이나 그를 기다렸어요.
喔賊 那能 可衣擦呦給搜 憨 西乾你那 可惹 可衣答溜搜呦

A o*.je/na.neun/gi.cha.yo*.ge.so*/han/si.ga.ni.na/geu.reul/gi.da.ryo*.sso*.yo

昨天我在火車站等了他一個小時。

會話

어떤 여자를 좋아해요?
喔東 呦炸惹 醜阿黑呦

A o*.do*n/yo*.ja.reul/jjo.a.he*.yo

你喜歡怎麼樣的女生？

저는 예쁘고 날씬한 여자가 좋아요.
醜能 耶波溝 那兒新憨 呦炸嘎 醜阿呦
jo*.neun/ye.beu.go/nal.ssin.han/yo*.ja.ga/jo.a.yo
我喜歡漂亮又苗條的女生。

相關

당신은 사귀는 남자친구가 있어요?
談新恩 沙虧能 男渣親古嘎 衣搜呦
dang.si.neun/sa.gwi.neun/nam.ja.chin.gu.ga/i.sso*.
yo
你有在交往的男朋友嗎?

어떤 타입의 남자가 좋아요?
喔冬 踏衣杯 男渣嘎 醜阿呦
o*.do*n/ta.i.bui/yo*.ja.ga/jo.a.yo
你喜歡什麼類型的男生?

우린 그냥 친구일 뿐이에요.
烏林 可釀 親估衣兒 部你耶呦
u.rin/geu.nyang/chin.gu.il/bu.ni.e.yo
我們只是朋友。

그녀는 제 여자친구입니다.
可妞能 賊 呦渣親估衣你答
geu.nyo*.neun/je/yo*.ja.chin.gu.im.ni.da
她是我女朋友。

그녀는 내 타입이 아니야.
可妞能 累 踏衣逼 阿你呀
geu.nyo*.neun/ne*/ta.i.bi/a.ni.ya
她不是我喜歡的類型。

저는 남자친구를 사귄 적이 없어요.
醜能 男渣親估惹 沙虧 走可衣 喔不搜呦
jo*.neun/nam.ja.chin.gu.reul/ssa.gwin/jo*.gi/o*p.
sso*.yo
我沒交過男朋友。

둘이 어떻게 알게 됐어요?
禿里 喔都K 啊兒給 腿搜呦
du.ri/o*.do*.ke/al.ge/dwe*.sso*.yo
你們兩個是怎麼認識的？

친구 소개를 통해서 만났어요.
親估 搜給惹 通黑搜 蠻那搜呦
chin.gu/so.ge*.reul/tong.he*.so*/man.na.sso*.yo
透過朋友的介紹認識的。

어제 여자친구와 헤어졌어요.
喔賊 呦渣親估哇 嘿喔舊搜呦
o*.je yo*.ja.chin.gu.wa he.o*.jo*.sso*.yo
昨天和女朋友分手了。

그 사람은 저한테 고백했어요.
科 沙啷悶 醜憨貼 口被K搜呦
geu/sa.ra.meun/jo*.han.te/go.be*.ke*.sso*.yo
那個人向我告白了。

남자친구에게 차였어요.
男渣親估耶給 插呦搜呦
nam.ja.chin.gu.e.ge/cha.yo*.sso*.yo
被男朋友甩了。

저는 좋아하는 여자가 있어요.
醜能 醜啊哈能 呦渣嘎 衣搜呦

224

jo*.neun/jo.a.ha.neun/yo*.ja.ga/i.sso*.yo
我有喜歡的女人了。

그를 어떻게 생각해요?
可惹 喔都K 先嘎K呦
geu.reul/o*.do*.ke/se*ng.ga.ke*.yo
你覺得他怎麼樣？

착한 사람을 좋아해요.
擦刊 沙郎麼 醜阿黑呦
cha.kan/sa.ra.meul/jjo.a.he*.yo
我喜歡個性善良的人。

키가 큰 남자가 좋아요.
可衣嘎 坑 男炸嘎 醜阿呦
ki.ga/keun/nam.ja.ga/jo.a.yo
我喜歡個子高的男生。

그녀와 사귀고 싶습니다.
可妞哇 沙虧溝 西森你答
geu.nyo*.wa/sa.gwi.go/sip.sseum.ni.da
我想和她交往。

최근에 그와 헤어졌어요.
崔跟耶 可哇 嘿喔就搜呦
chwe.geu.ne/geu.wa/he.o*.jo*.sso*.yo
我最近和他分手了。

그녀를 만난 지 얼마 안 됐어요.
可妞惹 蠻難 幾 喔兒媽 安 對搜呦
geu.nyo*.reul/man.nan/ji/o*l.ma/an/dwe*.sso*.yo
我剛和她交往沒多久。

그둘은 딱 어울리네요.
可禿冷 大 喔烏兒里內呦
geu.du.reun/dak/o*.ul.li.ne.yo
他們兩個很相配呢！

오래 전부터 연락을 안 해요.
喔勒 重鋪投 勇辣哥 安 黑呦
o.re*/jo*n.bu.to*/yo*l.la.geul/an/he*.yo
從很久以前就沒聯絡了。

나랑 결혼해 줄래요?
那郎 可呦龍內 組兒累呦
na.rang/gyo*l.hon.he*/jul.le*.yo
你願意和我結婚嗎？

결혼할 예정입니다.
可呦龍哈兒 耶宗衣你答
gyo*l.hon.hal/ye.jo*ng.im.ni.da
我打算要結婚。

사귄 지 2년이 됩니다.
沙虧 幾 衣妞你 腿你答
sa.gwin/ji/i.nyo*.ni/dwem.ni.da
交往有兩年了。

Unit 59

談健康

> 건강 관리는 어떻게 하십니까?
> 恐剛 狂里能 喔都K 哈新你嘎
> go*n.gang/gwal.li.neun/o*.do*.ke/ha.sim.
> ni.ga
> **您健康管理是怎麼做的呢？**

會話

Track 065

요즘 건강상태는 어때요?
呦增 恐康桑貼能 喔爹呦
yo.jeum/go*n.gang.sang.te*.neun/o*.de*.yo
最近你的健康狀態怎麼樣？

덕분에 전보다 많이 나아졌어요.
投鋪內 重頗大 馬你 那就搜呦
do*k.bu.ne/jo*n.bo.da/ma.ni/na.a.jo*.sso*.yo
託的你福，比以前好很多了。

다행이에요.
他黑恩衣耶呦
da.he*ng.i.e.yo
那太好了。

會話

요즘 회사 일은 너무 바빠서 몸 상태가 좋지 않아요.
呦贈 灰沙 衣冷 樓木 怕爸搜 盟 桑貼嘎 醜基 安那
呦
yo.jeum/hwe.sa/i.reun/no*.mu/ba.ba.so*/mom/sang.
te*.ga/jo.chi/a.na.yo
最近公司的工作太忙了，身體狀態不太好。

회사 일도 중요하지만 자신의 건강도 주의해야 돼

요.

灰沙 衣兒豆 尊呦哈幾慢 插新耶 恐康逗 組衣黑壓
腿呦

B

hwe.sa/il.do/jung.yo.ha.ji.man/ja.si.nui/go*n.gang.
do/ju.ui.he*.ya/dwe*.yo

**雖然公司的工作也很重要，但是自己的健康也要留意
才行。**

相關

배가 너무 아파서 병원에 가려고 합니다.
胚嘎 樓木 阿怕搜 匹翁窩內 卡溜溝 憨你答
be*.ga/no*.mu/a.pa.so*/byo*ng.wo.ne/ga.ryo*.go/
ham.ni.da
因為肚子很痛，想去看醫生。

술은 절대 금지입니다.
蘇冷 醜兒爹 跟恩幾衣你答
su.reun/jo*l.de*/geum.ji.im.ni.da
酒是絕對禁止的。

감기가 드디어 나았습니다.
砍可衣嘎 特滴喔 那阿森你答
gam.gi.ga/deu.di.o*/na.at.sseum.ni.da
感冒終於好了。

건강을 유지하는 방법은 운동입니다.
孔鋼兒 U妻哈能 盤跛笨 溫冬衣你答
go*n.gang.eul/yu.ji.ha.neun/bang.bo*.beun/un.dong.
im.ni.da
維持健康的方法是運動。

채식은 건강에 유익합니다.
疵耶西跟 孔剛耶 U衣砍你答
che*.si.geun/go*n.gang.e/yu.i.kam.ni.da
素食對健康有益。

건강을 위해서 매일 운동하고 있습니다.
恐康兒 威黑搜 美衣兒 溫東哈溝 衣森你答
go*n.gang.eul/wi.he*.so*/me*.il/un.dong.ha.go/
it.sseum.ni.da
為了健康，我每天都有運動。

아침부터 머리가 아픕니다.
阿親鋪投 抹里嘎 阿噴你答
a.chim.bu.to*/mo*.ri.ga/a.peum.ni.da
從早上開始頭就痛了。

저는 다이어트 중입니다.
醜能 塔衣喔特 尊衣你答
jo*.neun/da.i.o*.teu/jung.im.ni.da
我在減肥中。

몸매를 유지하는 비결이 무엇입니까?
某妹惹 U妻哈能 批個悠里 木喔新你嘎
mom.me*.reul/yu.ji.ha.neun/bi.gyo*.ri/mu.o*.sim.
ni.ga
維持身材的秘訣為何？

상당히 좋아졌어요.
商當西 醜阿久搜呦
sang.dang.hi/jo.a.jo*.sso*.yo
好很多了。

요즘 피곤한 상태입니다.

요즘 피곤한 상태입니다.
yo.jeum/pi.gon.han/sang.te*.im.ni.da
最近一直是很疲倦的狀態。

위궤양이 될 우려가 있습니다.
威虧羊衣 腿兒 烏溜嘎 衣森你答
wi.gwe.yang.i/dwel/u.ryo*.ga/it.sseum.ni.da
可能會引發胃潰瘍。

몸이 불편합니다.
某咪 鋪兒匹翁憨你答
mo.mi/bul.pyo*n.ham.ni.da
身體很不舒服。

운동은 건강에 좋습니다.
溫東恩 孔剛耶 醜森你答
un.dong.eun/go*n.gang.e/jo.sseum.ni.da
運動對健康很好。

담배는 건강에 해롭습니다.
談杯能 恐康耶 黑囉森你答
dam.be*.neun/go*n.gang.e/he*.rop.sseum.ni.da
香菸有害健康。

건강을 되찾기 위해서 살을 빼야 합니다.
恐康兒 退差可衣 威黑搜 沙惹 杯呀 憨你答
go*n.gang.eul/dwe.chat.gi/wi.he*.so*/sa.reul/be*.ya/
ham.ni.da
為了找回健康，必須要減肥。

Unit 60　談休閒活動

> 운동을 좋아합니까?
> 溫冬兒　醜阿憨你嘎
> un.dong.eul/jjo.a.ham.ni.ga
> **你喜歡運動嗎？**

會話

Track 066

보통 주말에 뭘 해요?
頗通　煮馬勒　抹兒　黑呦
bo.tong/ju.ma.re/mwol/he*.yo
你通常周末會做什麼？

전 시간이 있으면 등산을 갑니다.
重　西乾你　衣思謬　登三呢　砍你答
jo*n/si.ga.ni/i.sseu.myo*n/deung.sa.neul/gam.ni.da
我有時間的話，我會去爬山。

會話

여가를 어떻게 보내세요?
呦嘎惹　喔都k　跛內誰呦
yo*.ga.reul/o*.do*.ke/bo.ne*.se.yo
你怎麼打發閒暇的時間？

한가할 때 전 보통 영화를 봐요.
憨咖哈兒　貼　重　頗通　庸花惹　怕呦
han.ga.hal/de*/jo*n/bo.tong/yo*ng.hwa.reul/bwa.yo
空閒的時候，我通常會看電影。

相關

무슨 좋은 전시회라도 있어요?
木生 醜恩 重西灰拉豆 衣搜呦
mu.seun/jo.eun/jo*n.si.hwe.ra.do/i.sso*.yo
有什麼不錯的展覽嗎？

함께 미술전시회에 보러 갑시다.
憨給 咪蘇兒重西灰耶 跛溜 卡西答
ham.gye/mi.sul.jo*n.si.hwe.e/bo.ro*/gap.ssi.da
一起去看美術展吧！

퇴근 후에 같이 노래방에 갈까요?
推跟 呼耶 卡器 樓類棒耶 咖兒嘎呦
twe.geun/hu.e/ga.chi/no.re*.bang.e/gal.ga.yo
下班後，要不要一起去練歌房？

뮤지컬을 좋아합니까?
們U基口惹 醜啊憨你嘎
myu.ji.ko*.reul/jjo.a.ham.ni.ga
你喜歡音樂劇嗎？

같이 공연을 보러 갈래요?
卡器 空勇呢 跛囉 咖兒累呦
ga.chi/gong.yo*.neul/bo.ro*/gal.le*.yo
要一起去看表演嗎？

기분전환으로 보통 뭘 해요?
可衣鋪重歡呢囉 波通 某兒 黑呦
gi.bun.jo*n.hwa.neu.ro/bo.tong/mwol/he*.yo
通常你會做什麼來轉換心情？

어디로 휴가를 가셨어요?
喔滴囉 呵U嘎惹 咖修搜呦
o*.di.ro/hyu.ga.reul/ga.syo*.sso*.yo

您去哪度假了？

운동을 좋아하십니까?
溫冬兒 醜啊哈新你嘎
un.dong.eul/jjo.a.ha.sim.ni.ga
你喜歡運動嗎？

수영을 좋아합니다. 가끔 테니스도 칩니다.
蘇永兒 醜阿喊尼答 卡跟 貼你思豆 親你答
su.yo*ng.eul/jjo.a.ham.ni.da//ga.geum/te.ni.seu.do/
chim.ni.da
我喜歡游泳，有時也會打網球。

최근에 스키에 푹 빠졌어요.
崔跟耶 思可衣耶 鋪 怕糾搜呦
chwe.geu.ne/seu.ki.e/puk/ba.jo*.sso*.yo
最近我迷上了滑雪。

시간이 있으면 밖에 나가서 사진을 찍는 게 좋아요.
西乾你 衣思謬 怕給 那卡搜 沙金呢 基能 給 醜阿
呦
si.ga.ni/i.sseu.myo*n/ba.ge/na.ga.so*/sa.ji.neul/jjing.
neun/ge/jo.a.yo
有時間的話，我喜歡出門拍照。

여가 시간에 뭐하고 보내세요?
呦嘎 西乾耶 摸哈溝 頗內誰呦
yo*.ga/si.ga.ne/mwo.ha.go/bo.ne*.se.yo
你沒事的時候，都會做些什麼？

오늘 뭐 재미있는 프로그램 있어요?
烏呢 摸 賊咪衣能 波囉可累 衣搜呦
o.neul/mwo/je*.mi.in.neun/peu.ro.geu.re*m/i.sso*.yo

今天有什麼有趣的節目嗎？

안에서 사진 찍어도 되나요?
安內搜 沙金 基溝都 腿那呦
a.ne.so*/sa.jin/jji.go*.do/dwe.na.yo
裡面可以照相嗎？

골프 잘하세요?
□兒噴 差拉誰呦
gol.peu/jal.ha.sse.yo
你高爾夫打得好嗎？

어떤 음악을 좋아하세요?
喔冬 恩阿哥 醜阿哈誰呦
o*.do*n/eu.ma.geul/jjo.a.ha.se.yo
你喜歡什麼音樂？

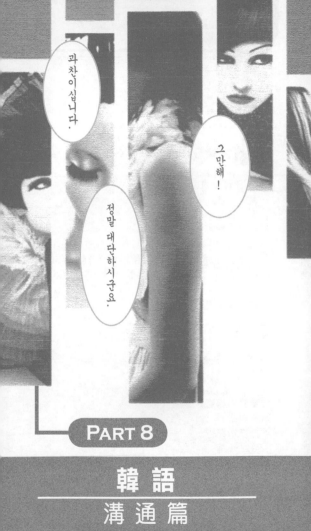

PART 8

韓 語
溝 通 篇

참 훌륭해요.
餐 呼兒溜黑呦
cham/hul.lyung.he*.yo
真優秀。

Track 067

會話

A
정말 대단하시군요.
寵馬兒 貼單哈西古妞
jo*ng.mal/de*.dan.ha.si.gu.nyo
你真了不起！

B
아닙니다. 이것은 누구나 할 수 있는 일입니다.
阿您你答 衣狗繩 努估那 哈兒 蘇 衣能 衣林你答
a.nim.ni.da//i.go*.seun/nu.gu.na/hal/ssu/in.neun/
i.rim.ni.da
哪會，這個誰都辦得到。

會話

A
한국말을 참 잘하시네요.
憨估馬惹 餐 差拉西內呦
han.gung.ma.reul/cham/jal.ha.ssi.ne.yo
您韓語講得真好。

B
과찬이십니다.
誇餐你新你答
gwa.cha.ni.sim.ni.da
您過獎了。

相關

당신 참 친절하시네요.
糖新 餐 親抽拉西內呦
dang.sin/cham/chin.jo*l.ha.si.ne.yo
您真親切。

손재주가 좋으시네요.
松賊煮嘎 醜噁西內呦
son.jje*.ju.ga/jo.eu.si.ne.yo
你手藝真好耶！

당신 능력이 대단하군요.
糖新 能溜可衣 貼當哈古妞
dang.sin/neung.nyo*.gi/de*.dan.ha.gu.nyo
你真有能力。

정말 잘했어요.
寵媽兒 插類搜呦
jo*ng.mal/jjal.he*.sso*.yo
你做得很好。

너는 참으로 굉장한 아이야.
樓能 餐們囉 虧髒憨 阿衣呀
no*.neun/cha.meu.ro/gweng.jang.han/a.i.ya
你真的個不起的孩子。

굉장한 일을 했구나.
虧髒憨 衣惹 嘿古那
gweng.jang.han/i.reul/he*t.gu.na
你做了件了不起的事。

장사 수완이 좋으시군요.
髒沙 蘇彎你 醜噁西古妞
jang.sa/su.wa.ni/jo.eu.si.gu.nyo

您很會做生意呢！

아름다움에 대한 안목이 있으시군요.
阿冷他烏妹 貼憨 安木可衣 衣思西古妞
a.reum.da.u.me/de*.han/an.mo.gi/i.sseu.si.gu.nyo
您對美的事物很有眼光呢！

얼굴이 많이 예뻐졌네요.
喔兒古里 馬你 耶播舊內呦
o*l.gu.ri/ma.ni/ye.bo*.jo*n.ne.yo
你變漂亮了。

아주 멋있습니다.
啊租 摸西森你答
a.ju/mo*.sit.sseum.ni.da
你很帥。

이곳은 아름답군요.
衣狗神 阿冷答古妞
i.go.seun/a.reum.dap.gu.nyo
這裡好美！

예뻐요.
耶播呦
ye.bo*.yo
漂亮。

좋은 생각이에요.
醜恩 先咖可衣耶呦
jo.eun/se*ng.ga.gi.e.yo
好主意。

참 젊어 보이시네요.

238

饞 醜兒摸 跛衣西內呦
cham/jo*l.mo*/bo.i.si.ne.yo
您看來真年輕。

너 그림 너무 잘 그린다.
樓 可林 樓木 插兒 可林答
no*/geu.rim/no*.mu/jal/geu.rin.da
你圖畫得真好。

머리가 잘 돌아가는군요.
摸里嘎 插兒 偷拉嘎能古妞
mo*.ri.ga/jal/do.ra.ga.neun.gu.nyo
你頭腦真靈光。

너무 근사해요.
樓木 坑殺黑呦
no*.mu/geun.sa.he*.yo
太好看了。

잘 어울려요.
插兒 喔烏兒溜呦
jal/o*.ul.lyo*.yo
很適合你。

예의가 바르시군요.
耶衣嘎 怕了西古妞
ye.ui.ga/ba.reu.si.gu.nyo
您真有禮貌。

사진보다 실물이 더 예쁘네요.
沙金跛答 西兒木里 投 耶鋪內呦
sa.jin.bo.da/sil.mu.ri/do*/ye.beu.ne.yo
你本人比照片好看。

피부가 엄청 고우시네요.
匹不嘎 喔恩衝 口烏西內呦
pi.bu.ga/o*m.cho*ng/go.u.si.ne.yo
您的皮膚真好。

미인이시군요.
咪營衣西古妞
mi.i.ni.si.gu.nyo
您真是個美人啊！

Unit 62 爭吵

> 잔소리 하지 마요.
> 禪搜里 哈基 媽呦
> jan.so.ri/ha.ji/ma.yo
> 別囉嗦！

會話

Track 068

싫어, 학교에 안 갈래. 절대 안 가.
西囉 哈可呦耶 安 卡兒累 醜兒貼 安 卡
si.ro*/hak.gyo.e/an/gal.le*./jo*l.de*/an/ga
不要，我不要去學校，絕對不去。

너 지금 까불고 있는 거니?
樓 幾根 咖鋪兒溝 衣能 狗你
no*/ji.geum/ga.bul.go/in.neun/go*.ni
你在胡鬧嗎？

相關

그만해!
可慢內
geu.man.he
夠了！

나를 건드리지 마.
那惹 恐特里基 馬
na.reul/go*n.deu.ri.ji/ma
不要惹我！

이건 농담이 아니에요.

衣拱 農當衣 阿你耶呦
i.go*n/nong.da.mi/a.ni.e.yo
這不是在開玩笑。

말 조심해요!
馬兒 醜新妹呦
mal/jjo.sim.he*.yo
說話注意一點！

다시는 내 눈앞에 나타나지 미.
他西能 勒 怒那配 那他那基 馬
da.si.neun/ne*/nu.na.pe/na.ta.na.ji/ma
再也不要出現在我面前。

넌 배신자다.
樓 胚新炸答
no*n/be*.sin.ja.da
你是叛徒。

내가 만만하게 보여?
累嘎 漫漫哈給 跛呦
ne*.ga/man.man.ha.ge/bo.yo*
我看起來好欺負嗎？

네 변명을 듣고 싶지 않아.
你 匹喔謬兒 特溝 西基 安那
ne/byo*n.myo*ng.eul/deut.go/sip.jji/a.na
我不想聽你狡辯。

말이 너무 지나치시네요.
馬里 樓木 妻那妻西內呦
ma.ri/no*.mu/ji.na.chi.si.ne.yo
您的話太過分了。

넌 참 철이 없다.
樓 餐 醜里 喔答
no*n/cham/cho*.ri/o*p.da
你真不懂事。

농담도 한도가 있지.
農當豆 憨都嘎 衣幾
nong.dam.do/han.do.ga/it.jji
開玩笑也有個限度。

말대꾸 하지 마세요.
馬兒爹古 哈基 馬誰呦
mal.de*.gu/ha.ji/ma.se.yo
不要頂嘴。

정말 말도 안돼요.
寵馬兒 馬都 安對呦
jo*ng.mal/mal.do/an.dwe*.yo
太不像話了。

이건 절대 이대로 넘어갈 수 없어.
衣拱 醜兒貼 衣貼囉 樓摸咖兒 蘇 喔搜
i.go*n/jo*l.de*/i.de*.ro/no*.mo*.gal/ssu/o*p.sso*
這絕不能這樣就算了。

똑바로 말해봐요!
豆爸囉 馬勒怕呦
dok.ba.ro/mal.he*.bwa.yo
你給我老實說！

내게 그런 핑계 대지마.
勒給 可龍 拼給 爹基馬
ne*.ge/geu.ro*n/ping.gye/de*.ji.ma

不要給我那種藉口。

너 얼굴 참 두껍다.
樓 喔兒古兒 餐 兔狗答
no*/o*l.gul/cham/du.go*p.da
你臉皮真厚。

너무 오바 하지 마.
樓木 喔爸 哈基 馬
no*.mu/o.ba/ha.ji.ma
別太過分！

수다 떨지 마.
蘇答 都兒基 馬
su.da/do*l.ji/ma
別嘮叨了。

거짓말 하지 마.
狗基馬兒 哈基 馬
go*.jin.mal/ha.ji/ma
不要說謊。

244

Unit 63 拒絕

안돼요.
安對呦
an.dwe*.yo
不行。

Track 069

會話

미연 씨, 내일 같이 영화 보러 갈까요?
咪庸 系 內衣兒 卡器 庸花 頗囉 卡兒嘎呦
mi.yo*n/ssi/ne*.il/ga.chi/yo*ng.hwa/bo.ro*/gal.ga.yo
美妍小姐，明天一起去看電影，好嗎？

전 내일 약속이 있어요.
重 內衣兒 呀嗽可衣 衣搜呦
jo*n/ne*.il/yak.sso.gi/i.sso*.yo
我明天有約了。

會話

오늘 네 자동차를 나한테 빌려 줘.
喔呢 你 炸東擦惹 那憨貼 匹兒溜 左
o.neul/ne/ja.dong.cha.reul/na.han.te/bil.lyo*/jwo
今天把你的車子借我。

안 돼. 나 오늘 갈 데가 있어.
安 對 那 喔呢 卡兒 貼嘎 衣搜
an/dwe*//na/o.neul/gal/de.ga/i.sso*
不行，我今天有地方要去。

相關

싫어요.
西囉呦
si.ro*.yo
不要！

절대 안 돼요.
醜兒貼 安 對呦
jo*l.de*/an/dwe*.yo
絕對不行。

필요 없어요.
匹溜 喔搜呦
pi.ryo/o*p.sso*.yo
不需要。

거절해요.
溝周累呦
go*.jo*l.he*.yo
我拒絕。

전 됐어요.
寵 退搜呦
jo*n/dwe*.sso*.yo
我就不必了。

지금 바쁜데요.
基跟 怕笨爹呦
ji.geum/ba.beun.de.yo
我現在很忙。

지금은 안 돼요. 내일 어때요?
幾跟悶 安 對呦 累衣兒 喔爹呦
ji.geu.meun/an/dwe*.yo//ne*.il/o*.de*.yo

現在不行，明天好嗎？

전 다른 약속이 있어요.
重 他冷 呀嗽可衣 衣搜呦
jo*n/da.reun/yak.sso.gi/i.sso*.yo
我有其他約了。

내일 안 갈래요. 약속이 있어요.
累衣兒 安 咖兒累呦 呀嗽可衣 衣搜呦
ne*.il/an/gal.le*.yo//yak.sso.gi/i.sso*.yo
明天我不去，我有約。

아니오, 그냥 갈래요.
阿你呦 可釀 咖兒累呦
a.ni.o//geu.nyang/gal.le*.yo
不了，我要走了。

저는 그렇게 생각하지 않아요.
醜能 可囉K 先咖咖基 安那呦
jo*.neun/geu.ro*.ke/se*ng.ga.ka.ji/a.na.yo
我不這麼認為。

불가능한 일이에요.
鋪兒咖能憨 衣里耶呦
bul.ga.neung.han/i.ri.e.yo
不可能的事。

전 그렇게까지 해야 할 이유가 없습니다.
重 可囉K嘎基 黑呀 哈兒 衣U嘎 喔森你答
jo*n/geu.ro*.ke.ga.ji/he*.ya/hal/i.yu.ga/o*p.sseum.ni.da
我沒有非要那樣做的理由。

죄송해요. 정말 시간이 없어서...
璀松黑呦 寵媽兒 西乾你 喔搜搜
jwe.song.he*.yo//jo*ng.mal/ssi.ga.ni/o*p.sso*.so*
對不起，我真的沒時間....。

Unit 64

祝福

모든 일이 잘 되길 바랄게요.
摸登 衣里 揖兒 退可衣 怕拉兒給呦
mo.deun/i.ri/jal/dwe.gil/ba.ral.ge.yo
祝你事事順利。

Track 070

會話

전 다음 달에 남자친구와 결혼할 거예요.
重 塔恩 打累 男渣親估哇 可呦龍哈兒 溝耶呦
jo*n/da.eum/da.re/nam.ja.chin.gu.wa/gyo*l.hon.hal/go*.ye.yo
我下個月要和男朋友結婚。

정말요? 두 분 영원히 행복하세요.
寵馬溜 兔 部恩 庸窩你 黑恩播咖誰呦
jo*ng.ma.ryo//du/bun/yo*ng.won.hi/he*ng.bo.ka.se.yo
真的嗎？祝你們永遠幸福。

相關

새로운 직장에서 성공하길 빌어요.
誰囉溫 幾章耶搜 松宮哈可衣兒 匹囉呦
se*.ro.un/jik.jjang.e.so*/so*ng.gong.ha.gil/bi.ro*.yo
祝你在新的職場上能馬到成功。

새해 복 많이 받으세요.
誰黑 步 馬你 怕的誰呦
se*.he*/bok/ma.ni/ba.deu.se.yo
新年快樂。

항상 행복하길 바랄게요.
憨商 黑恩播卡可衣兒 怕拉兒給呦
hang.sang/he*ng.bo.ka.gil/ba.ral.ge.yo
祝你幸福快樂。

즐거운 여행이 되세요.
遮兒溝溫 呦黑恩衣 腿誰呦
jeul.go*.un/yo*.he*ng.i/dwe.se.yo
祝你旅行愉快。

하시는 일 순조롭기를 바랍니다.
哈西能 衣兒 順抽囉可衣惹 怕狼你答
ha.si.neun/il/sun.jo.rop.gi.reul/ba.ram.ni.da
祝你工作順利！

대학교에 합격한 것을 축하합니다.
貼哈個悠耶 哈個悠刊 狗蛇 促咖憨你答
de*.hak.gyo.e/hap.gyo*.kan/go*.seul/chu.ka.ham.
ni.da
恭喜你考上大學。

사업이 성공하시기를 바랍니다.
沙喔逼 松宮哈西可衣惹 怕狼你答
sa.o*.bi/so*ng.gong.ha.si.gi.reul/ba.ram.ni.da
祝你生意興隆！

좋은 직장 찾은 것을 축하합니다.
醜恩 基髒 插曾 狗蛇 促咖憨你答
jo.eun/jik.jjang/cha.jeun/go*.seul/chu.ka.ham.ni.da
恭喜你找到好工作。

행운을 빕니다.
黑溫兒 匹你答

he*ng.u.neul/bim.ni.da
祝你好運!

축하합니다!
促咖憨你答
chu.ka.ham.ni.da
恭喜你!

생일 축하합니다.
先衣兒 促咖憨你答
se*ng.il/chu.ka.ham.ni.da
祝你生日快樂!

새해에는 모든 소망이 다 이루어지길 바랍니다.
誰黑耶能 摸登 搜忙衣 他 衣嚕喔基可衣兒 怕狼你
答
se*.he*.e.neun/mo.deun/so.mang.i/da/i.ru.o*.ji.gil/
ba.ram.ni.da
但願新的一年，所有的願望都能實現。

행복한 크리스마스를 보내세요.
黑播刊 可里斯馬思惹 跛內誰呦
he*ng.bo.kan/keu.ri.seu.ma.seu.reul/bo.ne*.se.yo
祝你有個幸福的聖誕節。

승진을 축하 드립니다.
申金兒 促咖 特林你答
seung.ji.neul/chu.ka/deu.rim.ni.da
恭喜您升官。

모든 소원이 이루어지기를 바랍니다.
摸登 搜我你 衣嚕喔幾可衣惹 怕狼你答
mo.deun/so.wo.ni/i.ru.o*.ji.gi.reul/ba.ram.ni.da

祝您願望都能實現。

건강과 행복을 기원합니다.
恐剛刮 黑播哥 可衣我那你答
go*n.gang.gwa/he*ng.bo.geul/gi.won.ham.ni.da
祝你健康幸福。

즐거운 하루가 되세요.
資兒溝溫 哈嚕嘎 腿誰呦
jeul.go*.un/ha.ru.ga/dwe.se.yo
祝你有個愉快的一天。

Unit 65 開心、高興

기뻐요.
可衣播呦
gi.bo*.yo
我很高興。

Track 071

會話

무슨 일로 그렇게 기뻐요?
木繩 衣兒囉 可囉給 可衣波呦
mu.seun/il.lo/geu.ro*.ke/gi.bo*.yo
什麼事情那麼高興？

오늘 내가 좋아하는 남자가 나한테 고백했어요.
喔呢 內嘎 醜阿哈能 男炸嘎 那憨貼 口碑K搜呦
o.neul/ne*.ga/jo.a.ha.neun/nam.ja.ga/na.han.te/
go.be*.ke*.sso*.yo
今天我喜歡的男生和我告白了。

會話

우리 팀이 또 이겼어요. 정말 신난다!
烏里 聽咪 豆 衣可呦搜呦 寵馬兒 新男答
u.ri/ti.mi/do/i.gyo*.sso*.yo/jo*ng.mal/ssin.nan.da
我們的隊又贏了，超開心。

너무 기뻐 죽겠어요.
樓木 可衣播 處給搜呦
no*.mu/gi.bo*/juk.ge.sso*.yo
高興極了。

相關

만세!
慢誰
man.se
萬歲！

오늘은 아주 신나게 놀았어요.
喔呢冷 阿住 新那給 樓拉搜呦
o.neu.reun/a.ju/sin.na.ge/no.ra.sso*.yo
今天我玩得很開心。

기분이 날아갈 것 같아요.
可衣布你 那拉卡兒 狗 卡他呦
gi.bu.ni/na.ra.gal/go*t/ga.ta.yo
我超開心的。

나는 너무 행복해요.
那能 樓木 黑播K呦
na.neun/no*.mu/he*ng.bo.ke*.yo
我好幸福。

매우 만족해요.
美烏 蠻周K呦
me*.u/man.jo.ke*.yo
我很滿足。

정말 즐거운 시간이었어요.
寵馬兒 遮兒溝溫 西乾衣喔搜呦
jo*ng.mal/jjeul.go*.un/si.ga.ni.o*.sso*.yo
我玩得很愉快。

이렇게 기쁜 일은 없었어요.
衣囉K 可衣奔 衣冷 喔搜搜呦
i.ro*.ke/gi.beun/i.reun/o*p.sso*.sso*.yo

我從來沒有那麼開心過。

정말 즐거웠어요!
寵馬兒 資兒溝我搜呦
jo*ng.mal/jjeul.go*.wo.sso*.yo
真愉快！

다시 만나서 정말 기뻐요.
他西 馬那搜 寵馬兒 可衣播呦
da.si/man.na.so*/jo*ng.mal/gi.bo*.yo
再見到你，真的很高興。

저도 너무 반가워요.
醜豆 樓木 盤嘎我呦
jo*.do/no*.mu/ban.ga.wo.yo
我也很高興。

운이 참 좋아요!
溫你 餐 醜阿呦
u.ni/cham/jo.a.yo
運氣真好！

정말 화가 나요.
寵馬兒 花嘎 那呦
jo*ng.mal/hwa.ga/na.yo
真是生氣。

會話

Track 072

왜 나한테 전화하지 않았어?
喂 那憨貼 重花哈基 安那搜
we*/na.han.te/jo*n.hwa.ha.ji/a.na.sso*
為什麼你沒打電話給我？

A 난 밥도 안 먹고 계속 집에서 널 기다리고 있었어.
男 怕都 安 末溝 K嗽 幾杯搜 樓兒 可衣答里溝 衣搜搜
nan/bap.do/an/mo*k.go/gye.sok/ji.be.so*/no*l/gi.da.
ri.go/i.sso*.sso*
我沒吃飯一直在家裡等你。

B 미안해. 화 좀 풀어.
咪安內 花 綜 鋪囉
mi.an.he*//hwa/jom/pu.ro*
對不起，你別生氣啦。

相關

답답해요.
他搭配呦
dap.da.pe*.yo
真煩。

256

진짜 열받네요.
金炸 呦兒怕內呦
jin.jja/yo*l.ban.ne.yo
真火大耶！

멀리 꺼져버려!
摸兒裡 溝糾波溜
mo*l.li/go*.jo*.bo*.ryo*
給我滾遠一點！

뭐? 당신 미쳤어요?
摸 談新 米秋搜呦
mwo//dang.sin/mi.cho*.sso*.yo
什麼？你瘋了嗎？

불만이 있어요.
鋪兒滿你 衣搜呦
bul.ma.ni/i.sso*.yo
我有不滿。

정말 짜증나요.
寵馬兒 渣曾那呦
jo*ng.mal/jja.jeung.na.yo
真煩人。

불공평해요.
布兒宮匹喔黑呦
bul.gong.pyo*ng.he*.yo
不公平。

약속을 좀 지켜야지.
呀嗽哥 綜 基可呦呀基
yak.sso.geul/jjom/ji.kyo*.ya.ji

你該遵守約定。

사과해야 할 거 아니야?
沙刮黑呀 哈兒 狗 阿你呀
sa.gwa.he*.ya/hal/go*/a.ni.ya
你不是該道個歉嗎？

일을 하려면 제대로 해!
衣惹 哈溜謬 賊爹囉 黑
i.reul/ha.ryo*.myo*n/je.de*.ro/he*
要做事，就好好做！

너 때문에 아주 피곤해 죽겠어.
樓 爹木內 阿住 匹工黑 處給搜
no*/de*.mu.ne/a.ju/pi.gon.he*/juk.ge.sso*
因為你，我快累死了。

황당하군.
荒當哈滾
hwang.dang.ha.gun
真荒唐！

258

Unit 67　傷心、絕望

너무 슬퍼요.
樓木 奢波呦
no*.mu/seul.po*.yo
我很難過。

會話

Track 073

지금 나에겐 아무 희망도 없어요.
基跟 那耶給 阿木 呵衣忙豆 喔搜呦
ji.geum/na.e.gen/a.mu/hi.mang.do/o*p.sso*.yo
我現在什麼希望也沒有了。

그런 말 하지 말고 기운 내세요.
可龍 馬兒 哈基 馬兒溝 可衣溫 內誰呦
geu.ro*n/mal/ha.ji/mal.go/gi.un/ne*.se.yo
別說那種話，振作起來吧。

相關

울고 싶어요.
烏兒溝 西播呦
ul.go/si.po*.yo
我想哭。

마음이 아파요.
馬恩咪 阿帕呦
ma.eu.mi/a.pa.yo
我心很痛。

너무 괴로워요.

樓木 傀囉我呦
no*.mu/gwe.ro.wo.yo
太痛苦了。

나 이제 어떻게 하죠?
那 衣賊 喔都K 哈舊
na/i.je/o*.do*.ke/ha.jyo
我現在該怎麼辦？

당신 슬피 보이네요.
糖新 奢波 播衣內呦
dang.sin/seul.po*/bo.i.ne.yo
你看起來很難過。

난 너무 실망스러웠다.
男 樓木 西兒忙思囉我答
nan/no*.mu/sil.mang.seu.ro*.wot.da
我很失望。

전 바람 맞았어요.
寵 怕狼 馬扎搜呦
jo*n/ba.ram/ma.ja.sso*.yo
我被放鴿子了。

그를 생각하면 가슴이 아프다.
可惹 先咖卡謬 卡思米 阿波答
geu.reul/sse*ng.ga.ka.myo*n/ga.seu.mi/a.peu.da
一想到他，就心痛。

Unit 68

安慰

> 낙심하지 말아요.
> 那新哈基 馬拉呦
> nak.ssim.ha.ji/ma.ra.yo
> **別灰心。**

會話

Track 074

난 남자친구에게 차였어요.
男 男渣親估耶給 擦呦搜呦
nan/nam.ja.chin.gu.e.ge/cha.yo*.sso*.yo
我被男朋友甩了。

너무 속상해 하지 마세요. 더 좋은 남자를 만날 수 있어요.
樓木 搜商黑 哈幾 媽誰呦 投 醜恩 男渣惹 蠻那兒 蘇 衣搜呦
no*.mu/sok.ssang.he*/ha.ji/ma.se.yo//do*/jo.eun/
nam.ja.reul/man.nal/ssu/i.sso*.yo
不要太傷心了，你會遇到更好的男人的。

相關

모든 일이 잘 될 거라고 믿어요.
摸登 衣里 插兒 腿兒 狗拉溝 米豆呦
mo.deun/i.ri/jal/dwel/go*.ra.go/mi.do*.yo
我相信一切都會好起來的。

기운 내세요.
可衣溫 內誰呦
gi.un/ne*.se.yo

振作起來吧。

너무 걱정하지 말아요.
樓木 口蹤哈基 馬拉呦
no*.mu/go*k.jjo*ng.ha.ji/ma.ra.yo
別太擔心了。

무슨 걱정되는 일이라도 있어요?
母神 口宗腿能 衣里拉都 衣搜呦
mu.seun/go*k.jjo*ng.dwe.neun/i.ri.ra.do/i.sso*.yo
你有什麼擔心的事情嗎？

겁먹지 말아요.
口摸基 馬拉呦
go*m.mo*k.jji/ma.ra.yo
別害怕。

낙관적으로 생각하세요.
那關走可囉 先嘎critique 誰呦
nak.gwan.jo*.geu.ro/se*ng.ga.ka.se.yo
樂觀一點吧！

용기를 잃지 마세요.
勇可衣惹 衣幾 馬誰呦
yong.gi.reul/il.chi/ma.se.yo
請不要失去勇氣。

또 다른 기회가 올거야.
豆 他冷 可衣會嘎 喔兒溝呀
do/da.reun/gi.hwe.ga/ol.go*.ya
還會有其他機會的。

긴장하지 말아요.

可衣恩髒哈基 馬拉呦
gin.jang.ha.ji/ma.ra.yo
別緊張。

걱정하지 마세요.
口宗哈基 馬誰呦
go*k.jjo*ng.ha.ji/ma.se.yo
別擔心。

너무 우울해하지 마세요.
樓木 烏烏類哈基 馬誰呦
no*.mu/u.ul.he*.ha.ji/ma.se.yo
不要太憂鬱了。

걱정할 거 없어요.
口宗哈兒 狗 衣搜呦
go*k.jjo*ng.hal/go*/o*p.sso*.yo
沒什麼好擔心的。

힘드시겠어요.
呵衣恩的西給搜呦
him.deu.si.ge.sso*.yo
您一定很難過。

너무 실망하지 마세요. 다시 시작할 수 있어요.
樓木 西兒蠻哈基 媽誰呦 他西 西炸哈兒 蘇 衣搜呦
no*.mu/sil.mang.ha.ji/ma.se.yo//da.si/si.ja.kal/ssu/
i.sso*.yo
別太失望了，你可以重新來過。

쉽게 포기하지 마세요. 당신도 할 수 있습니다.
噓給 波可衣哈基 馬誰呦 糖新豆 哈兒 蘇 衣森你答
swip.ge/po.gi.ha.ji/ma.se.yo//dang.sin.do/hal/ssu/

it.sseum.ni.da
不要輕易放棄，你也可以做得到。

자신을 믿으세요.
插新呢 米的誰呦
ja.si.neul/mi.deu.se.yo
相信自己。

최선을 다하세요.
崔松呢 他哈誰呦
chwe.so*.neul/da.ha.se.yo
請你全力以赴。

난 당신 편이에요.
男 糖新 匹翁你耶呦
nan/dang.sin/pyo*.ni.e.yo
我站在你那邊。

나는 너를 믿는다.
那能 樓惹 米能答
na.neun/no*.reul/min.neun.da
我相信你。

Unit 69 驚訝

> 놀랐잖아요.
> 樓兒辣紫那呦
> nol.lat.jja.na.yo
> 你嚇到我了。

會話

Track 075

준수와 수영은 이혼했대요.
尊蘇哇 蘇庸恩 衣哄內貼呦
jun.su.wa/su.yo*ng.eun/i.hon.he*t.de*.yo
聽說俊秀和秀英離婚了。

어머나! 정말이에요?
喔摸那 寵媽里耶呦
o*.mo*.na//jo*ng.ma.ri.e.yo
天哪！真的嗎？

相關

이건 예상 밖인데요.
依恐 耶商 怕個銀爹呦
i.go*n/ye.sang/ba.gin.de.yo
這很令人意外。

난 믿을 수 없어요.
男 米的 蘇 喔搜呦
nan/mi.deul/ssu/o*p.sso*.yo
我無法相信。

말도 안 돼요.

馬兒豆 兒 對呦
mal.do/an/dwe*.yo
不可能。

세상에!
誰商耶
se.sang.e
我的天哪！

놀라지 마세요!
樓兒拉基 馬誰呦
nol.la.ji/ma.se.yo
別驚慌！

예상하지도 못했어요.
耶商哈基都 末貼搜呦
ye.sang.ha.ji.do/mo.te*.sso*.yo
真沒想到。

그의 성공에 대해 놀랐어요.
可耶 松宮耶 貼黑 樓兒拉搜呦
ye.sang.ha.ji.do/mo.te*.sso*.yo
他的成功讓我感到很意外。

이건 정말 못 믿겠어요!
衣拱 寵馬兒 末 米給搜呦
i.go*n/jo*ng.mal/mot/mit.ge.sso*.yo
這簡直難以置信。

뭐라고요?
摸拉溝呦
mwo.ra.go.yo
你說什麼？

농담하지 마세요!
農當哈基 馬誰呦
nong.dam.ha.ji/ma.se.yo
別開玩笑。

깜짝이야.
乾炸可衣呀
gam.jja.gi.ya
嚇我一跳。

너무 뜻밖이네요.
樓木 的爸個衣內呦
no*.mu/deut.ba.gi.ne.yo
太意外了。

깜짝 놀랐어요.
乾炸 樓兒辣搜呦
gam.jjak/nol.la.sso*.yo
嚇一跳。

저도 동의해요.
醜逗 同衣黑呦
jo*.do/dong.ui.he*.yo
我也同意。

會話

Track 076

민정 씨, 이 제안에 대해서 어떻게 생각해요?
民寵 繫 衣賊安耶 貼黑搜 喔都K 先咖K呦
A min.jo*ng/ssi//i/je.a.ne/de*.he*.so*/o*.do*.ke/se*ng.
ga.ke*.yo
敏貞，你覺得這個提案怎麼樣？

저도 이 제안에 동의합니다.
醜豆 衣 賊安內 同衣憨你答
B jo*.do/i/je.a.ne/dong.ui.ham.ni.da
我也贊同這個提案。

會話

이 방법은 좋은지 아닌지 말해봐요.
衣 旁播笨 醜恩幾 阿您幾 馬累怕呦
A i/bang.bo*.beun/jo.eun.ji/a.nin.ji/mal.he*.bwa.yo
你說這個方法好還是不好？

제 생각엔 이 방법은 좋다고는 할 수 없어요.
賊 先嘎給 衣 旁播笨 醜溝能 哈兒 蘇 喔搜呦
B je/se*ng.ga.gen/i/bang.bo*.beun/jo.ta.go.neun/hal/
ssu/o*p.sso*.yo
我覺得這個方法不算好。

나도 그렇게 생각해요.
那豆 可囉K 先嘎K呦
na.do/geu.ro*.ke/se*ng.ga.ke*.yo
我也那麼覺得。

저는 그렇게 생각하지 않습니다.
醜能 可囉K 先嘎咖基 安森你答
jo*.neun/geu.ro*.ke/se*ng.ga.ka.ji/an.sseum.ni.da
我不那麼想。

당신 의견에 찬성합니다.
糖新 衣拱耶 餐松憨你答
dang.sin/ui.gyo*.ne/chan.so*ng.ham.ni.da
我贊成你的意見。

당신 의견에 반대합니다.
糖新 衣拱耶 盤爹憨你答
dang.sin/ui.gyo*.ne/ban.de*.ham.ni.da
我不同意你的意見。

반대 의견 없어요.
盤爹 衣拱 喔搜呦
ban.de*/ui.gyo*n/o*p.sso*.yo
我沒有反對意見。

좋으실 대로하십시오.
醜噁西兒 貼囉哈西不休
jo.eu.sil/de*.ro.ha.sip.ssi.o
隨便你。

당신의 말도 일리가 있습니다.
談心耶 馬兒豆 衣兒里嘎 衣森你答
dang.si.nui/mal.do/il.li.ga/it.sseum.ni.da
你的話也有道理。

나쁜 생각이 아니네요.
那奔 先嘎可衣 阿米內呦
na.beun/se*ng.ga.gi/a.ni.ne.yo
這主意不錯。

그거 좋은 생각이에요.
可拱 醜恩 先嘎可衣耶呦
geu.go*/jo.eun/se*ng.ga.gi.e.yo
真是個好主意。

그 것에 대해 전 반대하지 않습니다.
可 狗誰 貼黑 寵 盤貼哈基 安森你答
geu/go*.se/de*.he*/jo*n/ban.de*.ha.ji/an.sseum.
ni.da
我不反對那件事。

그 정책을 지지합니다.
可 寵疵耶哥 基基憨你答
geu/jo*ng.che*.geul/jji.ji.ham.ni.da
我支持那個政策。

왜 반대 합니까?
為 盤貼 憨你咖
we*/ban.de*/ham.ni.ga
為什麼反對呢？

Unit 71 改變話題

우리 화제를 바꾸어 얘기합시다.
烏里 花賊惹 怕估喔 耶可衣哈西答
u.ri/hwa.je.reul/ba.gu.o*/ye*.gi.hap.ssi.da
我們換個話題聊吧。

會話

Track 077

참, 너 일본에 가려고 한다면서?
餐 樓 衣兒蹦耶 卡溜溝 憨答謬搜
cham//no*/il.bo.ne/ga.ryo*.go/han.da.myo*n.so*
對了，聽說你要去日本？

응, 다음 달에 일본에 놀러 갈거야.
恩 他嗯 大勒 衣兒崩內 樓兒囉 卡兒溝呀
eung//da.eum/da.re/il.bo.ne/nol.lo*/gal.go*.ya
恩，下個月要去日本玩。

相關

우리 방금 어디까지 얘기했지?
烏里 盤跟 喔滴嘎幾 耶可衣黑基
u.ri/bang.geum/o*.di.ga.ji/ye*.gi.he*t.jji
我們剛才聊到哪裡了？

아, 드디어 생각났어.
阿 特滴喔 先嘎那搜
a/deu.di.o*/se*ng.gang.na.sso*
啊！我終於想起來了。

뭐가 그렇게 기뻐요?

摸嘎 可囉K 可衣播呦
mwo.ga/geu.ro*.ke/gi.bo*.yo
什麼事那麼高興?

다음에 다시 얘기합시다.
他嗯妹 他西 耶可衣哈西答
da.eu.me/da.si/ye*.gi.hap.ssi.da
我們下次再聊吧。

잠시 실례해요. 곧 돌아올게요.
禪西 西兒類黑呦 口 投拉喔兒給呦
jam.si/sil.lye.he*.yo//got/do.ra.ol.ge.yo
失陪一下,我馬上回來。

식사 후에 우리 함께 산책할까?
西沙 呼耶 烏里 憨給 三疵耶兒嘎
sik.ssa/hu.e/u.ri/ham.ge/san.che*.kal.ga
用餐後,我們一起去散步,好嗎?

Unit 72

不知道如何開口

뭐라고 말해야 할지…
摸拉溝 馬累呀 哈兒基
mwo.ra.go/mal.he*.ya/hal.jji
不知道該怎麼說。

會 話

Track 078

그러니까 내 말은…
可囉你嘎 內 馬冷
geu.ro*.ni.ga/ne*/ma.reun
我的意思是…。
A

도대체 무슨 말을 하고 싶은 거야?
偷爹賊 木繩 馬惹 哈溝 西噴 溝阿
do.de*.che/mu.seun/ma.reul/ha.go/si.peun/go*.ya
你到底想說什麼？
B

相 關

음….
恩
eum
嗯…。

실은…
西惴
si.reun
其實…。

뭐라고 말해야 좋을지 모르겠어요.

摸拉溝 馬累呀 醜兒基 摸了給搜呦
mwo.ra.go/mal.he*.ya/jo.eul.jji/mo.reu.ge.sso*.yo
我不知道該說些什麼才好。

Unit 73 搭話

> 드릴 말씀이 있습니다.
> 特里兒 馬省咪 衣森你答
> deu.ril/mal.sseu.mi/it.sseum.ni.da
> **我有話跟你說。**

會話

Track 079

지금 바쁘세요? 할 말 있는데 시간 좀 내주시겠어요?
幾跟 怕波誰呦 哈兒 馬兒 衣能爹 西乾 綜 內組西 給搜呦
ji.geum/ba.beu.se.yo//hal/mal/in.neun.de/si.gan/jom/ne*.ju.si.ge.sso*.yo
你現在忙嗎？我有話要說，可以給我一點時間嗎？

지금 안 바빠요. 무슨 일이에요?
幾跟 安 怕爸呦 木繩 衣里耶呦
ji.geum/an/ba.ba.yo//mu.seun/i.ri.e.yo
現在不忙，什麼事？

會話

이야기를 좀 나누고 싶은데, 괜찮으세요?
衣呀可衣惹 綜 那努溝 西噴爹 虧餐呢誰呦
i.ya.gi.reul/jjom/na.nu.go/si.peun.de/gwe*n.cha.neu.se.yo
我想和你談一談，可以嗎？

지금 좀 곤란한데 이따가 전화할게요.
幾根 綜 恐郎憨爹 衣大嘎 重花哈兒給呦
ji.geum/jom/gol.lan.han.de/i.da.ga/jo*n.hwa.hal.ge.yo

現在有點不方便，待會我打電話給你。

말씀 좀 묻겠습니다.
馬兒森 綜 目給森你答
mal.sseum/jom/mut.get.sseum.ni.da
請問。

시간 있습니까?
西乾 衣森你嘎
si.gan/it.sseum.ni.ga
你有時間嗎？

우리 둘이 얘기 좀 나눕시다.
烏里 禿里 耶可衣 綜 那怒西答
u.ri/du.ri/ye*.gi/jom/na.nup.ssi.da
我們兩個聊聊吧！

지금 꼭 할 얘기가 있어요.
妻跟 購 哈兒 耶可衣嘎 衣搜呦
ji.geum/gok/hal/ye*.gi.ga/i.sso*.yo
我現在有話一定要跟你說。

어디 가서 얘기 좀 합시다.
喔滴 咖搜 耶可衣 綜 哈西答
o*.di/ga.so*/ye*.gi/jom/hap.ssi.da
我們找個地方聊聊吧。

너에게 할 말이 있어.
樓耶給 哈兒 馬里 衣搜
no*.e.ge/hal/ma.ri/i.sso*

我有話跟你說。

後悔

지금 참 후회돼요.
妻跟 餐 呼灰腿呦
ji.geum/cham/hu.hwe.dwe*.yo
現在真後悔。

좀 후회돼요.
綜 呼灰腿呦
A jom/hu.hwe.dwe*.yo
有點後悔。

뭐가?
抹嘎
B mwo.ga
後悔什麼?

방금 본 가방은 예쁘고 가격도 비싸지 않았어요. 샀
어야 하는 건데.
旁跟 朋 卡棒恩 耶波溝 卡可呦豆 匹撒基 安那搜呦
撒搜呀 哈能 拱爹
A bang.geum/bon/ga.bang.eun/ye.beu.go/ga.gyo*k.
do/bi.ssa.ji/a.na.sso*.yo//sa.sso*.ya/ha.neun/go*n.
de
剛才看到的包包漂亮價格又不貴，我應該買下來的。

相 關

이제와서 후회해도 소용없어요.
衣賊哇搜 呼灰黑都 搜傭喔搜呦
i.je.wa.so*/hu.hwe.he*.do/so.yong.o*p.sso*.yo

278

現在後悔也沒用了。

난 얼마나 후회했는지 몰라.
男喔兒馬那 呼灰黑能基 摸兒辣
nan/o*l.ma.na/hu.hwe.he*n.neun.ji/mol.la
我不知道有多後悔。

후회할 거예요.
呼灰哈兒 狗耶呦
hu.hwe.hal/go*.ye.yo
你會後悔的。

난 절내로 후회하지 않아.
男 醜鐵囉 呼灰哈基 安那
nan/jo*l.de*.ro/hu.hwe.ha.ji/a.na
我絕不後悔。

난 후회해 본 적이 없어.
男 呼灰黑 崩 走可衣 喔布搜
nan/hu.hwe.he*/bon/jo*.gi/o*p.sso*
我沒有後悔過。

좀 쉬세요.
稍微休息一下吧！

PART 9

必 備
韓 語 短 句

韓文 저기, 실례합니다만…

中音 醜可衣 吸兒勒喊你答慢

羅馬拼音 jo*.gi//sil.lye.ham.ni.da.man

中譯 那個,不好意思。(請問……)

韓文 노래방에 같이 갈까요?

中音 樓淚幫耶 卡器 卡兒嘎呦

羅馬拼音 no.re*.bang.e/ka.chi/kal.ga.yo

中譯 要不要一起去唱KTV?

韓文 잘 먹겠습니다.

中音 插兒 摸給森你答

羅馬拼音 jal/mo*k.get.sseum.ni.da

中譯 開動了。

韓文 저 먼저 먹을게요.

中音 醜 檬咒 摸哥給呦

羅馬拼音 jo*/mo*n.jo*/mo*.geul.ge.yo

中譯 我先開動了。

韓文 저 회사에 다녀오겠습니다.

中音 醜 灰沙耶 塔妞喔給森你答

羅馬拼音 jo*/hwe.sa.e/da.nyo*.o.get.sseum.ni.da

中譯 我要去上班囉!

韓文 내일 또 봅시다.

中音 勒依兒 豆 跛吸答

羅馬拼音 ne*.il/do/bop.ssi.da

中譯 我們明天再見。

MP3 Track 087

韓文 맛있게 드세요.

中音 馬吸給 特誰呦

羅馬拼音 ma.sit.ge/teu.se.yo.

中譯 請慢用。

MP3 Track 088

韓文 몸은 좀 괜찮지요?

中音 盟悶 綜 愧餐幾呦

羅馬拼音 mo.meun/jom/gwe*n.chan.chi.yo

中譯 你身體有好一點嗎？

MP3 Track 089

韓文 당연하지요.

中音 彈庸哈幾呦

羅馬拼音 dang.yo*n.ha.ji.yo

中譯 那當然！

MP3 Track 090

韓文 네. 알겠습니다.

中音 內 啊兒給森你答

羅馬拼音 ne//al.get.sseum.ni.da

中譯 是的，我知道了。

MP3 Track 091

韓文 죄송해요. 저도 잘 모르겠어요.

中音 璀鬆黑呦 醜豆 插兒 摸了給搜呦

羅馬拼音 jwe.song.he*.yo//jo*.do/jal.mo.reu.ge.sso*.yo

中譯 對不起，我也不知道。

MP3 Track 092

韓文 실례지만 나이가 어떻게 되세요?

中音 西類幾慢 那衣嘎 喔豆K 腿誰呦

羅馬拼音 sil.lye.ji.man/na.i.ga/o*.do*.ke/dwe.se.yo

中譯 不好意思，請問您年齡是？

韓文 어느 나라사람입니까?

中音 喔呢 那拉沙郎影你嘎

羅馬拼音 o*.neu/na.ra.sa.ra.mim.ni.ga

中譯 您是哪一國人呢？

韓文 저는 대만사람입니다.

中音 醜能 鐵曼沙郎影你答

羅馬拼音 jo*.neun/de*.man.sa.ra.mim.ni.da

中譯 我是台灣人。

韓文 제 이름은 장근석입니다.

中音 賊 衣冷悶 長跟搜可影你答

羅馬拼音 je/i.reu.meun/jang.geun.so*.gim.ni.da

中譯 我的名字是張根碩。

韓文 이거 얼마예요?

中音 衣狗 喔兒馬耶呦

羅馬拼音 i.go*/ o*l.ma.ye.yo

中譯 這個多少錢？

韓文 어떡하지요?

中音 喔都卡幾呦

羅馬拼音 o*.do*.ka.ji.yo

中譯 怎麼辦？

韓文 잠깐만 기다리세요.

中音 禪乾慢 可衣答里誰呦

羅馬拼音 jam.gan.man/gi.da.ri.se.yo

中譯 請稍等一下。

MP3 Track 099

韓文 오늘 시간이 있어요?

中音 喔呢 西乾你 衣搜呦

羅馬拼音 o.neul/ssi.ga.ni/i.sso*.yo

中譯 **你今天有時間嗎？**

MP3 Track 100

韓文 그저 그래요.

中音 可走 可累呦

羅馬拼音 geu.jo*/geu.re*.yo

中譯 **還好。**

MP3 Track 101

韓文 요즘 날씨가 좋지 않아요.

中音 呦贈 那兒西嘎 醜基 安那呦

羅馬拼音 yo.jeum/nal.ssi.ga/jo.chi/a.na.yo

中譯 **最近天氣不好。**

MP3 Track 102

韓文 어쩌면 좋을지 모르겠어요.

中音 喔周謬 醜兒幾 摸了給搜呦

羅馬拼音 o*.jjo*.myo*n/jo.eul.jji/mo.reu.ge.sso*.yo

中譯 **不知該怎麼做才好。**

MP3 Track 103

韓文 무엇을 샀어요?

中音 母喔奢 沙搜呦

羅馬拼音 mu.o*.seul/ssa.sso*.yo

中譯 **你買了什麼呢？**

MP3 Track 104

韓文 언제 미국에 갈 거예요?

中音 翁賊 米古給 卡兒 溝耶呦

羅馬拼音 o*n.je/mi.gu.ge/gal/go*.ye.yo

中譯 **你何時去美國呢？**

韓文 그 분이 누구십니까?

中音 科 布你 努估新你嘎

羅馬拼音 geu/bu.ni/nu.gu.sim.ni.ga

中譯 那一位是誰呢?

韓文 지금 뭘 해요?

中音 幾跟 摸兒 黑呦

羅馬拼音 ji.geum/mwol/he*.yo

中譯 你現在在做什麼呢?

韓文 대학 교수가 되고 싶습니다.

中音 鐵哈 個呦蘇嘎 腿溝 西森你答

羅馬拼音 de*.hak/gyo.su.ga/dwe.go/sip.sseum.ni.da

中譯 我想成為大學教授。

韓文 좀 더 기다려 봅시다.

中音 綜 投 可衣答溜 跛西答

羅馬拼音 jom/do*/gi.da.ryo*/bop.ssi.da

中譯 再等一下吧!

韓文 건강하십시오.

中音 恐剛哈西不休

羅馬拼音 go*n.gang.ha.sip.ssi.o

中譯 祝您健康。

韓文 당신은 누구십니까?

中音 糖西能 努估新你嘎

羅馬拼音 dang.si.neun/nu.gu.sim.ni.ga

中譯 您是哪位?

MP3 Track　111

韓文 다시 연락하겠습니다.
中音 塔西 勇拉卡給森你答
馬拼音 da.si/yo*l.la.ka.get.sseum.ni.da
中譯 我會再聯絡您。

MP3 Track　112

韓文 내일 뭘 할 거예요?
中音 累衣兒 摸兒 哈兒 狗耶呦
馬拼音 ne*.il/mwol/hal/go*.ye.yo
中譯 明天你要做什麼呢?

MP3 Track　113

韓文 이름이 뭐예요?
中音 衣冷咪 摸耶呦
馬拼音 i.reu.mi/mwo.ye.yo
中譯 你的名字是什麼?

MP3 Track　114

韓文 어떻게 오셨습니까?
中音 喔都K 喔休森你嘎
馬拼音 o*.do*.ke/o.syo*t.sseum.ni.ga
中譯 您是怎麼來的呢?

MP3 Track　115

韓文 그것은 무슨 뜻입니까?
中音 可狗神 木神 的新你嘎
馬拼音 geu.go*.seun/mu.seun/deu.sim.ni.ga
中譯 那是什麼意思?

MP3 Track　116

韓文 뭘 먹고 싶어요?
中音 摸兒 摸溝 西波呦
馬拼音 mwol/mo*k.go/si.po*.yo
中譯 你想吃什麼?

韓文 놀이공원에 가고 싶어요.

中音 樓里空我內 卡溝 西波呦

羅馬拼音 no.ri.gong.wo.ne/ga.go/si.po*.yo

中譯 我想去遊樂園。

韓文 집이 어디예요?

中音 幾逼 喔滴耶呦

羅馬拼音 ji.bi/o*.di.ye.yo

中譯 你家在哪裡？

韓文 가족이 몇 명이에요?

中音 卡走可衣 謬 謬衣耶呦

羅馬拼音 ga.jo.gi/myo*t/myo*ng.i.e.yo

中譯 你有幾個家人？

韓文 그게 사실이에요?

中音 可給 沙西里耶呦

羅馬拼音 geu.ge/sa.si.ri.e.yo

中譯 那是真的嗎？

韓文 당신을 좋아해도 돼요?

中音 糖新呢 醜阿黑豆 腿呦

羅馬拼音 dang.si.neul/jjo.a.he*.do/dwe*.yo

中譯 可以喜歡你嗎？

韓文 한국 식당에 가 봤어요?

中音 憨估 系當耶 卡 怕搜呦

羅馬拼音 han.guk/ssik.dang.e/ga/bwa.sso*.yo

中譯 你有去過韓式餐館嗎？

MP3 Track 123

韓文 아니요. 가 본 적이 없어요.

注音 阿逆呦 卡 朋 走可衣 喔搜呦

馬拼音 a.ni.yo//ga/bon/jo*.gi/o*p.sso*.yo

中譯 沒有，沒去過。

MP3 Track 124

韓文 어떻게 된 일이에요?

注音 喔豆K 腿恩 衣粒耶呦

馬拼音 o*.do*.ke/dwen/i.ri.e.yo

中譯 怎麼回事？

MP3 Track 125

韓文 혹시 너무한 건 아니에요?

注音 後西 樓木憨 拱 阿逆耶呦

馬拼音 hok.ssi/no*.mu.han/go*n/a.ni.e.yo

中譯 你會不會太過分了？

MP3 Track 126

韓文 어디에 가요?

注音 喔滴耶 卡呦

馬拼音 o*.di.e/ga.yo

中譯 你要去哪裡呢？

MP3 Track 127

韓文 저녁 뭐 먹었어요?

注音 走妞 摸 摸狗搜呦

馬拼音 jo*.nyo*k/mwo/mo*.go*.sso*.yo

中譯 你晚餐吃什麼？

MP3 Track 128

韓文 소리가 너무 작아요. 크게 말해 주세요.

注音 搜里嘎 樓木 插嘎呦 科めお 馬勒 組誰呦

馬拼音 so.ri.ga/no*.mu/ja.ga.yo//keu.ge/mal.he*/ju.se.yo

中譯 聲音太小了。請講大聲一點。

韓文 저는 타이페이에 삽니다.

中音 醜能 他衣配衣耶 山你答

羅馬拼音 jo*.neun/ta.i.pe.i.e/sam.ni.da

中譯 **我住在台北。**

韓文 보통 아침 몇 시에 일어나요?

中音 頗通 啊慶 謬 西耶 衣囉那呦

羅馬拼音 bo.tong/a.chim/myo*t/ssi.e/i.ro*.na.yo

中譯 **你通常早上幾點起床呢？**

韓文 잠이 안 와요.

中音 禪咪 安 哇呦

羅馬拼音 ja.mi/an/wa.yo

中譯 **睡不著。**

韓文 좀 천천히 걸으세요.

中音 綜 匆匆西 口了誰呦

羅馬拼音 jom/cho*n.cho*n.hi/go*.reu.se.yo

中譯 **走慢一點！**

韓文 다시 잘 생각 좀 해 보세요.

中音 他西 插兒 先嘎 綜 黑 波誰呦

羅馬拼音 da.si/jal/sse*ng.gak/jom/he*/bo.se.yo

中譯 **再好好地想一想吧！**

韓文 약속을 꼭 지켜야 돼요.

中音 鴨嗽哥 固 幾可呦呀 腿呦

羅馬拼音 yak.sso.geul/gok/ji.kyo*.ya/dwe*.yo

中譯 **一定要遵守約定喔！**

MP3 Track 135

韓文 도대체 어찌된 일인가?

中音 投貼疵耶 喔幾腿恩 依林嘎

馬拼音 do.de*.che/o*.jji.dwen/i.rin.ga

中譯 **究竟是怎麼回事？**

MP3 Track 136

韓文 방금 한 얘기가 사실이에요?

中音 旁跟 憨 耶可衣嘎 沙西里耶呦

馬拼音 bang.geum/han/ye*.gi.ga/sa.si.ri.e.yo

中譯 **你剛才說的話是事實嗎？**

MP3 Track 137

韓文 너무 신경 쓰지 마세요.

中音 樓幕 新個悠恩 思基 馬誰呦

馬拼音 no*.mu/sin.gyo*ng/sseu.ji/ma.se.yo

中譯 **請勿太過費心。**

MP3 Track 138

韓文 같이 가지 못해서 정말 아쉬워요.

中音 卡器 卡幾 摸貼搜 寵馬兒 阿須我呦

馬拼音 ga.chi/ga.ji/mo.te*.so*/jo*ng.mal/a.swi.wo.yo

中譯 **不能跟你一起去真可惜。**

MP3 Track 139

韓文 부럽다. 나도 갖고 싶어요.

中音 部囉答 那豆 卡溝 西波呦

馬拼音 bu.ro*p.da//na.do/gat.go/si.po*.yo

中譯 **好羨慕喔！我也想要！**

MP3 Track 140

韓文 너무 긴장돼요.

中音 樓木 可衣恩張腿呦

馬拼音 no*.mu/gin.jang.dwe*.yo

中譯 **好緊張！**

韓文 무슨 답답한 일이 있어요?

中音 木神 楊楊潘 一粒 衣搜呦

羅馬拼音 mu.seun/dap.da.pan/i.ri/i.sso*.yo

中譯 你有什麼煩悶的事情嗎？

韓文 사랑해요. 나랑 결혼해 줄래요?

中音 沙郎嘿呦 那郎 可呦龍內 組兒累呦

羅馬拼音 sa.rang.he*.yo/na.rang/gyo*l.hon.he^/jul.le*.yo

中譯 我愛你！你願意嫁給我嗎？

韓文 난 지금 너무 행복해요.

中音 男 幾跟 樓木 黑波K呦

羅馬拼音 nan/ji.geum/no*.mu/he*ng.bo.ke*.yo

中譯 我現在很幸福。

韓文 농담이에요. 속에 두지 말아요.

中音 農單咪耶呦 搜給 土幾 馬拉呦

羅馬拼音 nong.da.mi.e.yo/so.ge/du.ji/ma.ra.yo

中譯 開玩笑的，不要放在心上。

韓文 좀 쉬세요.

中音 綜 需誰呦

羅馬拼音 jom/swi.se.yo

中譯 稍微休息一下吧！

韓文 시끄러워요. 조용히 좀 해요.

中音 西可囉我呦 醜庸西 綜 黑呦

羅馬拼音 si.geu.ro*.wo.yo/jo.yong.hi/jom/he*.yo

中譯 吵死了！安靜一點！

MP3 Track 147

韓文 표를 한 장 주세요.

中音 匹呦煮 敢 張 組誰呦

羅馬拼音 pyo.reul/han/jang/ju.se.yo

中譯 請給我一張票。

MP3 Track 148

韓文 다른 색깔은 없습니까?

中音 塔冷 誰嘎愣 喔森你嘎

羅馬拼音 da.reun/se*k.ga.reun/o*p.sseum.ni.ga

中譯 沒有其他顏色嗎?

MP3 Track 149

韓文 어떤 운동을 좋아하세요?

中音 喔東 溫東兒 醜啊哈誰呦

羅馬拼音 o*.do*n/un.dong.eul/jjo.a.ha.se.yo

中譯 您喜歡什麼運動呢?

MP3 Track 150

韓文 겁 먹지 마세요. 한 번 해 봐요.

中音 □ 摸幾 馬誰呦 憨 崩 黑 怕呦

羅馬拼音 go*m/mo*k.jji/ma.se.yo//han/bo*n/he*/bwa.yo

中譯 別害怕,試試看吧。

MP3 Track 151

韓文 내 옷차림 어때요?

中音 累 喔插林 喔貼呦

羅馬拼音 ne*/ot.cha.rim/o*.de*.yo

中譯 我服裝怎麼樣?

MP3 Track 152

韓文 난 차멀미가 나요.

中音 男 插摸兒咪嘎 那呦

羅馬拼音 nan/cha.mo*l.mi.ga/na.yo

中譯 我暈車了。

韓文 저 준비 다 됐어요.

中音 醜 尊逼 塔 腿搜呦

羅馬拼音 jo*/jun.bi/da/dwe*.sso*.yo

中譯 我準備好了。

韓文 시험 어땠어요?

中音 西烘 喔貼搜呦

羅馬拼音 si.ho*m/o*.de*.sso*.yo

中譯 考試考得怎麼樣?

韓文 어제 그를 만났나요?

中音 喔賊 可惹 蠻那那呦

羅馬拼音 o*.je/geu.reul/man.nan.na.yo

中譯 你昨天和他見面了嗎?

韓文 기분이 좀 나아졌나요?

中音 可衣布你 綜 那阿酒那呦

羅馬拼音 gi.bu.ni/jom/na.a.jo*n.na.yo

中譯 心情有好一點嗎?

韓文 전혀 모르겠는데요.

中音 寵妞 摸了給能貼呦

羅馬拼音 jo*n.hyo*/mo.reu.gen.neun.de.yo

中譯 我都不知道。

韓文 체중이 얼마나 되세요?

中音 疵耶尊衣 喔兒馬那 腿誰呦

羅馬拼音 che.jung.i/o*l.ma.na/dwe.se.yo

中譯 你體重多重?

菜韓文 生活會話篇

MP3 Track 159

韓文 영수증 좀 주세요.

中音 勇蘇曾 綜 組誰呦

羅馬拼音 yo*ng.su.jeung/jom/ju.se.yo

中譯 **請給我收據。**

MP3 Track 160

韓文 어떤 요리를 가장 좋아하세요?

中音 喔東 呦里惹 卡張 醜啊哈誰呦

羅馬拼音 o*.do*n/yo.ri.reul/ga.jang/jo.a.ha.se.yo

中譯 **你最喜歡什麼料理？**

MP3 Track 161

韓文 고맙지만 사양하겠어요.

中音 口媽幾慢 沙央哈給搜呦

羅馬拼音 go.map.jji.man/sa.yang.ha.ge.sso*.yo

中譯 **謝謝，但我拒絕。**

MP3 Track 162

韓文 이제 안심이 돼요.

中音 衣賊 安心咪 腿呦

羅馬拼音 i.je/an.si.mi/dwe*.yo

中譯 **現在可以放心了。**

MP3 Track 163

韓文 디저트는 먹고 싶지 않아요.

中音 滴走特能 摸溝 西幾 安那呦

羅馬拼音 di.jo*.teu.neun/mo*k.go/sip.jji/a.na.yo

中譯 **我不想吃甜點。**

MP3 Track 164

韓文 괜찮습니다.

中音 愧餐森你答

羅馬拼音 gwe*n.chan.sseum.ni.da

中譯 **沒關係。**

必備 **295** 韓語短句

韓文 나는 기분이 우울해요.

中音 那能 可衣部你 烏烏累呦

羅馬拼音 na.neun/gi.bu.ni/u.ul.he*.yo

中譯 我心情很憂鬱。

韓文 어디로 가십니까?

中音 喔滴囉 卡新你嘎

羅馬拼音 o*.di.ro/ga.sim.ni.ga

中譯 你要去哪裡？

韓文 농담합니까?

中音 農當憨你嘎

羅馬拼音 nong.dam.ham.ni.ga

中譯 你在開玩笑嗎？

韓文 선생님은 지금 안 계십니다.

中音 松先你悶 幾跟 安 K新你答

羅馬拼音 so*n.se*ng.ni.meun/ji.geum/an/gye.sim.ni.da

中譯 老師現在不在。

韓文 우리 화해했어요.

中音 烏里 花黑黑搜呦

羅馬拼音 u.ri/hwa.he*.he*.sso*.yo

中譯 我們和好了。

韓文 참견하지 마세요.

中音 餐個悠那幾 馬誰呦

羅馬拼音 cham.gyo*n.ha.ji/ma.se.yo

中譯 請你不要插手。

韓文 이거 무료예요?

中音 衣狗 木溜耶呦

羅馬拼音 i.go*/mu.ryo.ye.yo

中譯 這是免費的嗎？

韓文 커피 맛이 어땠어요?

中音 口匹 馬西 喔貼搜呦

羅馬拼音 ko*.pi/ma.si/o*.de*.sso*.yo

中譯 咖啡的味道怎麼樣？

韓文 나한테 할 말 있어요?

中音 那憨貼 哈兒 媽兒 衣搜呦

羅馬拼音 na.han.te/hal/mal/i.sso*.yo

中譯 你有話要對我說嗎？

韓文 어떤 외국어를 아세요?

中音 喔東 威估狗惹 阿誰呦

羅馬拼音 o*.do*n/we.gu.go*.reul/a.se.yo

中譯 你會什麼外語？

韓文 체중이 늘었어요.

中音 賊尊衣 呢囉搜呦

羅馬拼音 che.jung.i/neu.ro*.sso*.yo

中譯 我體重增加了。

韓文 키가 얼마예요?

中音 科衣嘎 喔兒馬耶呦

羅馬拼音 ki.ga/o*l.ma.ye.yo

中譯 你多高？

韓文 그는 너무 말랐어요.
中音 可能 樓木 媽兒拉搜呦
羅馬拼音 geu.neun/no*.mu/mal.la.sso*.yo
中譯 他太瘦了。

韓文 피곤해 죽겠어요.
中音 匹工內 處給搜呦
羅馬拼音 pi.gon.he*/juk.ge.sso*.yo
中譯 累死我了。

韓文 마침 잘 오셨어요.
中音 馬沁 插兒 喔休搜呦
羅馬拼音 ma.chim/jal/o.syo*.sso*.yo
中譯 你來得正好。

韓文 그만 화를 푸세요.
中音 可漫 花惹 鋪誰呦
羅馬拼音 geu.man/hwa.reul/pu.se.yo
中譯 別生氣了。

韓文 술이 아직 덜 깼어요.
中音 書里 阿寄 頭兒 給搜呦
羅馬拼音 su.ri/a.jik/do*l/ge*.sso*.yo
中譯 我酒還沒醒。

韓文 난 지금 다이어트 중이에요.
中音 男 幾跟 踏衣喔特 尊衣耶呦
羅馬拼音 nan/ji.geum/da.i.o*.teu/jung.i.e.yo
中譯 我現在在減肥。

MP3 Track 183

韓文 확인해 보세요.

中音 花可衣內 波誰呦

羅馬拼音 hwa.gin.he*/bo.se.yo

中譯 **請您過目。**

MP3 Track 184

韓文 정말 말도 안 돼요.

中音 寵馬 馬兒豆 安 對呦

羅馬拼音 jo*ng.mal/mal.do/an/dwe*.yo

中譯 **真不像話。**

MP3 Track 185

韓文 시간 나면 또 놀러 오세요.

中音 西乾 那謬 豆 樓兒囉 喔誰呦

羅馬拼音 si.gan/na.myo*n/do/nol.lo*/o.se.yo

中譯 **有空再來玩。**

MP3 Track 186

韓文 조금밖에 못해요.

中音 醜跟怕給 摸貼呦

羅馬拼音 jo.geum.ba.ge/mo.te*.yo

中譯 **我只會一點點。**

MP3 Track 187

韓文 아직 생각 중이에요.

中音 阿寄 先嘎 尊衣耶呦

羅馬拼音 a.jik/se*ng.gak/jung.i.e.yo

中譯 **我還在考慮。**

MP3 Track 188

韓文 꿈에도 생각 못했어요.

中音 估美豆 先嘎 摸貼搜呦

羅馬拼音 gu.me.do/se*ng.gak/mo.te*.sso*.yo

中譯 **我做夢也沒想到。**

韓文 이건 너무 이상해요.

中音 衣拱 樓目 衣商黑呦

羅馬拼音 i.go*n/no*.mu/i.sang.he*.yo

中譯 這也太奇怪了。

韓文 어머나! 정말이에요?

中音 喔摸那 寵馬里耶呦

羅馬拼音 o*.mo*.na/jo*ng.ma.ri.e.yo

中譯 天哪！是真的嗎？

韓文 저도 이해가 안 돼요.

中音 醜豆 衣黑嘎 安 對呦

羅馬拼音 jo*.do/i.he*.ga/an/dwe*.yo

中譯 我也不懂。

韓文 저는 정말 깜짝 놀랐어요.

中音 醜能 寵馬兒 乾炸 樓兒拉搜呦

羅馬拼音 jo*.neun/jo*ng.mal/gam.jjak/nol.la.sso*.yo

中譯 我真的嚇了一跳。

韓文 달리 방법이 없어요.

中音 他兒里 旁跛逼 喔搜呦

羅馬拼音 dal.li/bang.bo*.bi/o*p.sso*.yo

中譯 沒有其他方法了。

韓文 너무 아쉬워요!

中音 樓目 阿需我呦

羅馬拼音 no*.mu/a.swi.wo.yo

中譯 太可惜了！

MP3 Track 195

韓文 이것은 무엇입니까?

中音 衣狗神 木喔新你嘎

羅馬拼音 i.go*.seun/mu.o*.sim.ni.ga

中譯 **這是什麼?**

MP3 Track 196

韓文 정말 즐겁습니다.

中音 寵馬兒 遮兒狗森你答

羅馬拼音 jo*ng.mal/jjeul.go*p.sseum.ni.da

中譯 **真的很愉快。**

MP3 Track 197

韓文 정말 재미있어요.

中音 寵馬兒 賊咪衣搜呦

羅馬拼音 jo*ng.mal/jje*.mi.i.sso*.yo

中譯 **真的很有趣。**

MP3 Track 198

韓文 편의점은 어디에 있어요?

中音 匹翁衣走悶 喔滴耶 衣搜呦

羅馬拼音 pyo*.nui.jo*.meun/o*.di.e/i.sso*.yo

中譯 **便利商店在哪裡?**

MP3 Track 199

韓文 어디서 오셨어요?

中音 喔滴搜 喔休搜呦

羅馬拼音 o*.di.so*/o.syo*.sso*.yo

中譯 **您從哪來?**

MP3 Track 200

韓文 한국에 처음 왔어요.

中音 憨估給 抽恩 哇搜呦

羅馬拼音 han.gu.ge/cho*.eum/wa.sso*.yo

中譯 **我第一次來韓國。**

韓文 사진 좀 찍어주세요.
中音 沙金 綜 機溝組誰呦
羅馬拼音 sa.jin/jom/jji.go*.ju.se.yo
中譯 請幫我照相。

韓文 좀 양해해 주십시오.
中音 綜 羊黑黑 組西不休
羅馬拼音 jom/yang.he*.he*/ju.sip.ssi.o
中譯 請見諒。

韓文 저것을 좀 봐도 되겠습니까?
中音 醜狗奢 綜 怕豆 腿給森你嘎
羅馬拼音 jo*.go*.seul/jjom/bwa.do/dwe.get.sseum.ni.ga
中譯 我可以看看那個嗎？

韓文 여기 촬영해도 되나요?
中音 呦可衣 抓了呦黑豆 腿那呦
羅馬拼音 yo*.gi/chwa.ryo*ng.he*.do/dwe.na.yo
中譯 這裡可以攝影嗎？

韓文 말씀 좀 묻겠습니다.
中音 馬兒省 綜 木給森你答
羅馬拼音 mal.sseum/jom/mut.get.sseum.ni.da
中譯 請問一下。

韓文 제가 잔돈이 없습니다.
中音 賊嘎 禪豆你 喔森你答
羅馬拼音 je.ga/jan.do.ni/o*p.sseum.ni.da
中譯 我沒有零錢。

MP3 Track 207

韓文 지금 한국 시간은 몇 시예요?

中音 幾跟 憨估 西乾能 謬 西耶呦

羅馬拼音 ji.geum/han.guk/ssi.ga.neun/myo*t/ssi.ye.yo

中譯 現在韓國時間幾點？

MP3 Track 208

韓文 저기에 무엇이 있습니까?

中音 醜可衣耶 木喔西 依森你嘎

羅馬拼音 jo*.gi.e/mu.o*.si/it.sseum.ni.ga

中譯 那裡有什麼呢？

MP3 Track 209

韓文 입구가 어디입니까?

中音 依古嘎 喔滴影你嘎

羅馬拼音 ip.gu.ga/o*.di.im.ni.ga

中譯 入口在哪裡呢？

MP3 Track 210

韓文 오늘은 더워요.

中音 喔呢愣 頭我呦

羅馬拼音 o.neu.reun/do*.wo.yo

中譯 今天很熱。

MP3 Track 211

韓文 오늘은 추워요.

中音 頭我呦 粗我呦

羅馬拼音 o.neu.reun/chu.wo.yo

中譯 今天很冷。

MP3 Track 212

韓文 자고 싶어요.

中音 插溝 西波呦

羅馬拼音 ja.go/si.po*.yo

中譯 我想睡覺。

韓文 화장실이 어디에 있어요?

中音 花張西里 喔滴耶 衣搜呦

羅馬拼音 hwa.jang.si.ri/o*.di.e/i.sso*.yo

中譯 廁所在哪裡?

韓文 결혼했어요?

中音 可呦龍黑搜呦

羅馬拼音 gyo*l.hon.he*.sso*.yo

中譯 你結婚了嗎?

韓文 빨리요, 빨리!

中音 爸兒里呦 爸兒里

羅馬拼音 bal.li.yo//bal.li

中譯 快點,快點!

韓文 절대 안됩니다.

中音 醜兒貼 安對你答

羅馬拼音 jo*l.de*/an.dwem.ni.da

中譯 絕對不行。

韓文 화이팅!

中音 花衣聽

羅馬拼音 hwa.i.ting

中譯 加油!

韓文 지금 어디예요?

中音 幾跟 喔滴耶呦

羅馬拼音 ji.geum/o*.di.ye.yo

中譯 你現在在哪裡?

MP3 Track 219

韓文 확실해요?

中音 話西累呦

羅馬拼音 hwak.ssil.he*.yo

中譯 你確定嗎?

MP3 Track 220

韓文 뭘 좋아해요?

中音 摸兒 醜啊黑呦

羅馬拼音 mwol/jo.a.he*.yo

中譯 你喜歡什麼?

MP3 Track 221

韓文 저 감기에 걸렸어요.

中音 醜 砍可衣耶 口兒溜搜呦

羅馬拼音 jo*/gam.gi.e/go*l.lyo*.sso*.yo

中譯 我感冒。

MP3 Track 222

韓文 많이 힘드셨죠?

中音 馬你 西的休救

羅馬拼音 ma.ni/him.deu.syo*t.jjyo

中譯 您累了吧?

MP3 Track 223

韓文 큰일 났어요!

中音 坑衣兒 那搜呦

羅馬拼音 keu.nil/na.sso*.yo

中譯 糟了!

MP3 Track 224

韓文 한 입 드셔 보세요.

中音 憨 衣 特休 波誰呦

羅馬拼音 han/ip/deu.syo*/bo.se.yo

中譯 請吃一口看看。

韓文 정말 짜증나요!

中音 寵馬兒 炸曾那呦

羅馬拼音 jo*ng.mal/jja.jeung.na.yo

中譯 真煩!

韓文 맛있어요. 더 먹고 싶어요.

中音 馬西搜呦 投 摸溝 西波呦

羅馬拼音 ma.si.sso*.yo/do*/mo*k.go/si.po*.yo

中譯 很好吃，還想再吃。

韓文 별 말씀을요.

中音 匹喔 馬兒思們溜

羅馬拼音 byo*l/mal.sseu.meu.ryo

中譯 別客氣。

韓文 저를 속이지 말아요.

中音 醜惹 搜可衣幾 馬拉呦

羅馬拼音 jo*.reul/sso.gi.ji/ma.ra.yo

中譯 別騙我。

韓文 그만 둬요.

中音 可漫 妥呦

羅馬拼音 geu.man/dwo.yo

中譯 算了吧!

韓文 필요 없어요.

中音 匹溜 喔搜呦

羅馬拼音 pi.ryo/o*p.sso*.yo

中譯 不需要。

MP3 Track 231

韓文 정말 재수 없어요.

中音 寵馬兒 賊蘇 喔搜呦

羅馬拼音 jo*ng.mal/jje*.su/o*p.sso*.yo

中譯 **真倒楣。**

MP3 Track 232

韓文 제가 삽니다.

中音 賊嘎 三你答

羅馬拼音 je.ga/sam.ni.da.

中譯 **我請客。**

MP3 Track 233

韓文 너무 어려워요.

中音 樓目 喔溜我呦

羅馬拼音 no*.mu/o*.ryo*.wo.yo

中譯 **太難了。**

MP3 Track 234

韓文 너무 쉬워요.

中音 樓目 需我呦

羅馬拼音 no*.mu/swi.wo.yo

中譯 **太簡單了。**

MP3 Track 235

韓文 무슨 일을 하세요?

中音 木神 衣惹 哈誰呦

羅馬拼音 mu.seun/i.reul/ha.se.yo

中譯 **您的工作是？**

MP3 Track 236

韓文 직업이 뭐예요?

中音 幾狗逼 摸耶呦

羅馬拼音 ji.go*.bi/mwo.ye.yo

中譯 **您的職業是什麼？**

韓文 담배를 피워도 괜찮겠습니까?

中音 糖杯惹 匹我豆 愧餐給森你嘎

羅馬拼音 dam.be*.reul/pi.wo.do/gwe*n.chan.ket.sseum.ni.ga

中譯 我可以抽菸嗎？

韓文 다른 거 없어요?

中音 塔冷 狗 喔搜呦

羅馬拼音 da.reun/go*/o*p.sso*.yo

中譯 沒有其他的嗎？

韓文 질문 없습니까?

中音 幾兒木 喔森你嘎

羅馬拼音 jil.mun/o*p.sseum.ni.ga

中譯 有沒有問題？

韓文 진심이에요?

中音 金新咪耶呦

羅馬拼音 jin.si.mi.e.yo

中譯 你是認真的嗎？

韓文 정말 까다로워요.

中音 寵馬兒 嘎他囉我呦

羅馬拼音 jo*ng.mal/ga.da.ro.wo.yo

中譯 真棘手。

韓文 영광입니다.

中音 勇光影你答

羅馬拼音 yo*ng.gwang.im.ni.da

中譯 深感榮幸。

韓文 조용하세요.

中音 醜庸哈誰呦

馬拼音 jo.yong.ha.se.yo

中譯 請安靜。

韓文 너무 시끄러워요.

中音 樓目 西可囉我呦

馬拼音 no*.mu/si.geu.ro*.wo.yo

中譯 太吵了。

韓文 전화해 주세요.

中音 重花黑 組誰呦

馬拼音 jo*n.hwa.he*/ju.se.yo

中譯 請打電話給我。

韓文 메일 보내 주세요.

中音 美衣兒 波內 組誰呦

馬拼音 me.il/bo.ne*/ju.se.yo

中譯 請寫mail給我。

韓文 자주 연락하세요.

中音 插租 勇拉卡誰呦

馬拼音 ja.ju/yo*l.la.ka.se.yo

中譯 請保持聯絡。

韓文 진정해요.

中音 金中黑呦

馬拼音 jin.jo*ng.he*.yo

中譯 冷靜下來。

韓文 지금 한가하십니까?

中音 幾跟 憨嘎哈新你嘎

羅馬拼音 ji.geum/han.ga.ha.sim.ni.ga

中譯 你現在有空嗎?

韓文 사랑해요.

中音 沙郎嘿呦

羅馬拼音 sa.rang.he*.yo

中譯 我愛你!

韓文 좋아해요.

中音 醜阿黑呦

羅馬拼音 jo.a.he*.yo

中譯 我喜歡你!

韓文 알아들어요?

中音 阿拉特囉呦

羅馬拼音 a.ra.deu.ro*.yo

中譯 你聽得懂嗎?

韓文 참 아깝네요.

中音 餐 啊嘎內呦

羅馬拼音 cham/a.gam.ne.yo

中譯 真可惜耶!

韓文 도망가지 마세요!

中音 投忙卡幾 馬誰呦

羅馬拼音 do.mang.ga.ji/ma.se.yo

中譯 不要逃避!

韓文 저를 믿으세요.

中音 醜惹 咪的誰呦

羅馬拼音 jo*.reul/mi.deu.se.yo

中譯 請相信我！

韓文 망신 당했어요.

中音 忙新 糖黑搜呦

羅馬拼音 mang.sin/dang.he*.sso*.yo

中譯 沒面子。

韓文 창피해요.

中音 餐匹黑呦

羅馬拼音 chang.pi.he*.yo

中譯 好丟臉！

韓文 남자친구에게 차였어요.

中音 男渣親估耶給 插呦搜呦

羅馬拼音 nam.ja.chin.gu.e.ge/cha.yo*.sso*.yo

中譯 被男朋友甩了。

韓文 잘 안 들립니다.

中音 插兒 安 特林你答

羅馬拼音 jal/an/deul.lim.ni.da

中譯 我聽不清楚。

韓文 너 별명이 뭐야?.

中音 樓 匹喔謬依 摸呀

羅馬拼音 no*/byo*l.myo*ng.i/mwo.ya

中譯 你外號是什麼？

韓文 겁이 나요.

中音 口逼 那呦

寵馬拼音 go*.bi/na.yo

中譯 **我害怕。**

韓文 운이 참 좋아요!

中音 溫衣 餐 醜阿呦

寵馬拼音 u.ni/cham/jo.a.yo

中譯 **運氣真好!**

韓文 정말 다행입니다.

中音 寵馬兒 他黑恩影你答

寵馬拼音 jo*ng.mal/da.he*ng.im.ni.da

中譯 **真是萬幸!**

韓文 느낌이 어떠세요?

中音 呢可衣咪 喔都誰呦

寵馬拼音 neu.gi.mi/o*.do*.se.yo

中譯 **感覺如何?**

韓文 간 떨어지겠어요.

中音 砍 都囉幾給搜呦

寵馬拼音 gan/do*.ro*.ji.ge.sso*.yo

中譯 **嚇死我了。**

韓文 이제 그만 하세요.

中音 衣賊 可慢 哈誰呦

寵馬拼音 i.je/geu.man/ha.se.yo

中譯 **住手吧!**

MP3 Track 267

韓文 두고 보자.

音 土溝 波炸

馬拼音 du.go/bo.ja

中譯 走著瞧！

MP3 Track 268

韓文 진짜 너무해요.

音 金渣 樓目黑呦

馬拼音 jin.jja no*.mu.he*.yo

中譯 你太過分了！

MP3 Track 269

韓文 웃겨요.

音 烏個呦呦

馬拼音 ut.gyo*.yo

中譯 真好笑。

MP3 Track 270

韓文 정말 지겨워요.

音 寵馬兒 幾可呦我呦

馬拼音 jo*ng.mal/jji.gyo*.wo.yo

中譯 真厭倦。

MP3 Track 271

韓文 와, 짱이다.

音 哇 張衣答

馬拼音 wa,/jjang.i.da

中譯 哇，太棒了！

MP3 Track 272

韓文 꼭 행복하세요.

音 固 黑恩波卡誰呦

馬拼音 gok/he*ng.bo.ka.se.yo

中譯 你一定要幸福喔！

韓文 심심해요.

中音 新新美呦

羅馬拼音 sim.sim.he*.yo

中譯 **好無聊。**

韓文 정말 미치겠어요.

中音 寵馬兒 咪妻給搜呦

羅馬拼音 jo*ng.mal/mi.chi.ge.sso*.yo.

中譯 **我快瘋了!**

韓文 너 지금 제정신이니?

中音 樓 機跟 賊中新衣你

羅馬拼音 no*/ji.geum/je.jo*ng.si.ni.ni

中譯 **你瘋了嗎?**

韓文 같이 갈래요?

中音 卡器 卡兒累呦

羅馬拼音 ga.chi/gal.le*.yo

中譯 **要一起去嗎?**

韓文 이건 꿈이 아니죠?

中音 衣拱 估咪 啊逆救

羅馬拼音 i.go*n/gu.mi/a.ni.jyo

中譯 **這不是做夢吧?**

韓文 정말 좋은 소식이네요.

中音 寵馬兒 醜恩 搜西可衣內呦

羅馬拼音 jo*ng.mal/jjo.eun/so.si.gi.ne.yo

中譯 **真是個好消息呢!**

MP3 Track 279

韓文 잠깐만요.

中音 禪乾滿妞

馬拼音 jam.gan.ma.nyo

中譯 等一下。

MP3 Track 280

韓文 시작합시다.

中音 西炸卡西答

馬拼音 si.ja.kap.ssi.da

中譯 我們開始吧！

MP3 Track 281

韓文 잘 됐어요.

中音 插兒 腿搜呦

馬拼音 jal/dwe*.sso*.yo

中譯 太好了。

MP3 Track 282

韓文 좀 답답해요.

中音 綜 榻榻配呦

馬拼音 jom/dap.da.pe*.yo

中譯 有點煩悶。

MP3 Track 283

韓文 이제는 다 끝났어요.

中音 衣賊能 他 跟那搜呦

馬拼音 i.je.neun/da/geun.na.sso*.yo

中譯 現在一切都結束了。

MP3 Track 284

韓文 물론요.

中音 木兒隆妞

馬拼音 mul.lo.nyo

中譯 那當然。

韓文 마음대로 하세요.

中音 馬恩貼囉 哈誰呦

羅馬拼音 ma.eum.de*.ro/ha.se.yo

中譯 請便。

韓文 세상에, 이럴 수가!

中音 誰傷耶 衣囉兒 書嘎

羅馬拼音 se.sang.e//i.ro*l/su.ga

中譯 天哪！怎麼會這樣！

韓文 면목 없습니다.

中音 謬木 喔森你答

羅馬拼音 myo*n.mok/o*p.sseum.ni.da

中譯 我沒臉見你。

韓文 이럴 줄 알았어요.

中音 衣囉兒 租兒 阿拉搜呦

羅馬拼音 i.ro*l/jul/a.ra.sso*.yo

中譯 我就知道是這樣。

韓文 너무 불쌍해요.

中音 樓目 鋪兒傷黑呦

羅馬拼音 no*.mu/bul.ssang.he*.yo

中譯 太可憐了。

韓文 목이 말라요.

中音 摸可衣 媽兒拉呦

羅馬拼音 mo.gi/mal.la.yo

中譯 口渴。

MP3 Track 291

韓文 못 믿어요!

中音 摸 咪豆呦

馬拼音 mot/mi.do*.yo

中譯 我不信！

MP3 Track 292

韓文 지금 바쁜데요.

中音 幾跟 怕奔貼呦

韓拼音 ji.geum/ba.beun.de.yo

中譯 我現在很忙。

MP3 Track 293

韓文 곤란한데요.

中音 恐藍憨貼呦

韓拼音 gol.lan.han.de.yo

中譯 有些困難。

MP3 Track 294

韓文 무사히 다녀 오세요.

中音 木沙西 他妞 喔誰呦

韓拼音 mu.sa.hi/da.nyo*/o.se.yo

中譯 一路順風。

MP3 Track 295

韓文 정말 보고 싶어요.

中音 寵媽兒 波溝 西波呦

韓拼音 jo*ng.mal/bo.go/si.po*.yo

中譯 真的很想你。

MP3 Track 296

韓文 내 곁에 있어줘요.

中音 內 可呦貼 衣搜左呦

韓拼音 ne*/gyo*.te/i.sso*.jwo.yo

中譯 呆在我身邊吧！

韓文 좋아하는 음식이 뭐예요?

中音 醜啊哈能 恩西可衣 摸耶呦

羅馬拼音 jo.a.ha.neun/eum.si.gi/mwo.ye.yo

中譯 你喜歡什麼食物？

韓文 아세요?

中音 啊誰呦

羅馬拼音 a.se.yo

中譯 您知道嗎？

韓文 모르십니까?

中音 摸了新你嘎

羅馬拼音 mo.reu.sim.ni.ga

中譯 您不知道嗎？

韓文 어제보다 추워요?

中音 喔賊波答 粗我呦

羅馬拼音 o*.je.bo.da/chu.wo.yo

中譯 比昨天冷嗎？

韓文 저는 지쳤습니다.

中音 醜能 幾秋森你答

羅馬拼音 jo*.neun/ji.cho*t.sseum.ni.da

中譯 我累了。

韓文 즐거운 휴가 보내세요.

中音 遮兒溝溫 休嘎 波內誰呦

羅馬拼音 jeul.go*.un/hyu.ga/bo.ne*.se.yo

中譯 祝你假期愉快。

MP3 Track 303

韓文 난 내일 갈 거예요.

中音 男 勒衣兒 卡兒 溝耶呦

羅馬拼音 nan/ne*.il/gal/go*.ye.yo

中譯 我明天會去。

MP3 Track 304

韓文 너무 근사해요.

中音 樓目 坑沙黑呦

羅馬拼音 no*.mu/geun.sa.he*.yo

中譯 太好看了。

MP3 Track 305

韓文 다친 데 없어요?

中音 他親 貼 喔搜呦

羅馬拼音 da.chin/de/o*p.sso*.yo

中譯 沒受傷吧?

MP3 Track 306

韓文 심각합니까?

中音 新嘎砍你嘎

羅馬拼音 sim.ga.kam.ni.ga

中譯 很嚴重嗎?

MP3 Track 307

韓文 머리 아파 죽겠어요.

中音 摸里 阿怕 處給搜呦

羅馬拼音 mo*.ri/a.pa/juk.ge.sso*.yo

中譯 頭痛死了。

MP3 Track 308

韓文 정말 황당하군요.

中音 寵馬兒 歡糖哈古妞

羅馬拼音 jo*ng.mal/hwang.dang.ha.gu.nyo

中譯 真荒唐!

韓文 저는 24살입니다.
中音 醜能 思木內沙領你答
羅馬拼音 jo*.neun/seu.mu.ne.sa.rim.ni.da
中譯 我24歲。

韓文 제 국적은 대만입니다.
中音 賊 苦走跟 貼蠻影你答
羅馬拼音 je/guk.jjo*.geun/de*.ma.nim.ni.da
中譯 我的國籍是台灣。

韓文 전 결혼을 했습니다.
中音 重 可呦龍呢 黑森你答
羅馬拼音 jo*n/gyo*l.ho.neul/he*t.sseum.ni.da
中譯 我結婚了。

韓文 저는 대만에서 왔습니다.
中音 寵能 貼慢耶搜 哇森你答
羅馬拼音 jo*.neun/de*.ma.ne.so*/wat.sseum.ni.da
中譯 我從台灣來的。

韓文 저희 가족은 모두 넷이에요.
中音 醜西 卡奏跟 摸度 內西耶呦
羅馬拼音 jo*.hi/ga.jo.geun/mo.du/ne.si.e.yo
中譯 我家有四個人。

韓文 저는 대학생입니다.
中音 醜能 貼哈先影你答
羅馬拼音 jo*.neun/de*.hak.sse*ng.im.ni.da
中譯 我是大學生。

MP3 Track 315

韓文 저의 고향은 부산입니다.

中音 醜耶 口呵呀恩 鋪山影你答

羅馬拼音 jo*.ui/go.hyang.eun/bu.sa.nim.ni.da

中譯 **我的故鄉是釜山。**

MP3 Track 316

韓文 누나는 간호사입니다.

中音 努那能 刊齁沙影你答

羅馬拼音 nu.na.neun/gan.ho.sa.im.ni.da

中譯 **姊姊是護士。**

MP3 Track 317

韓文 좀 더 생각해 보겠습니다.

中音 綜 投 先嘎K 波給森你答

羅馬拼音 jom/do*/se*ng.ga.ke*/bo.get.sseum.ni.da

中譯 **我再想想。**

MP3 Track 318

韓文 제가 하겠습니다.

中音 賊嘎 哈給森你答

羅馬拼音 je.ga/ha.get.sseum.ni.da

中譯 **我來做。**

MP3 Track 319

韓文 시간이 멈췄으면 좋겠어요.

中音 西乾你 摸錯思謬 醜給搜呦

羅馬拼音 si.ga.ni/mo*m.chwo.sseu.myo*n/jo.ke.sso*.yo

中譯 **希望時間能停止。**

MP3 Track 320

韓文 위험해요!

中音 威烘黑呦

羅馬拼音 wi.ho*m.he*.yo

中譯 **危險！**

韓文 살려주세요.

中音 沙溜組誰呦

羅馬拼音 sal.lyo*.ju.se.yo

中譯 救命！

韓文 교통사고를 당했어요.

中音 可呦通沙勾惹 糖黑搜呦

羅馬拼音 gyo.tong.sa.go.reul/dang.he*.sso*.yo

中譯 我出車禍了。

韓文 말 안해도 알아요.

中音 馬兒 安內豆 阿拉呦

羅馬拼音 mal/an.he*.do/a.ra.yo

中譯 你不說我也知道。

韓文 이해가 안 돼요.

中音 衣黑嘎 安 對呦

羅馬拼音 i.he*.ga/an/dwe*.yo

中譯 我無法理解。

韓文 싫어요.

中音 西囉呦

羅馬拼音 si.ro*.yo

中譯 不喜歡。

韓文 미워요.

中音 咪我呦

羅馬拼音 mi.wo.yo

中譯 討厭。

MP3 Track　327

韓文 잔소리 하지 마요.

中音 禪搜里 哈基 馬呦

羅馬拼音 jan.so.ri/ha.ji/ma.yo

中譯 **別囉嗦！**

MP3 Track　328

韓文 더 이상 못 참겠어요.

中音 投 依商 摸 餐給搜呦

羅馬拼音 do*/i.sang/mot/cham.ge.sso*.yo

中譯 **我再也受不了了。**

MP3 Track　329

韓文 내일 많이 바쁘세요?

中音 累衣兒 馬你 怕撲誰呦

羅馬拼音 ne*.il/ma.ni/ba.beu.se.yo

中譯 **明天你很忙嗎？**

MP3 Track　330

韓文 당신은 어느 팀을 지지합니까?

中音 旁新能 喔呢 梯悶 基基憨你嘎

羅馬拼音 dang.si.neun/o*.neu/ti.meul/jji.ji.ham.ni.ga

中譯 **你支持哪一隊？**

MP3 Track　331

韓文 도둑이야!

中音 投兔可衣呀

羅馬拼音 do.du.gi.ya

中譯 **有小偷！**

MP3 Track　332

韓文 경찰을 불러 주세요.

中音 可呦恩插惹 鋪兒囉 組誰呦

羅馬拼音 gyo*ng.cha.reul/bul.lo*/ju.se.yo

中譯 **請幫我叫警察。**

韓文 직장생활은 어떠세요?

中音 基張先花愣 喔都誰呦

羅馬拼音 jik.jjang.se*ng.hwa.reun/o*.do*.se.yo

中譯 你職場生活怎麼樣？

韓文 저 건물은 뭐예요?

中音 醜 恐木冷 摸耶呦

羅馬拼音 jo*/go*n.mu.reun/mwo.ye.yo

中譯 那棟建築是什麼？

韓文 안에 들어갈 수 있어요?

中音 安耶 特囉卡兒 書 衣搜呦

羅馬拼音 a.ne/deu.ro*.gal/ssu/i.sso*.yo

中譯 可以進去裡面嗎？

韓文 좀 쉬고 싶어요.

中音 綜 需溝 西波呦

羅馬拼音 jom/swi.go/si.po*.yo

中譯 我想休息一下。

韓文 화장실 좀 다녀 올게요.

中音 花張西兒 綜 他妞 喔兒給呦

羅馬拼音 hwa.jang.sil/jom/da.nyo*/ol.ge.yo

中譯 我去一趟廁所。

韓文 어느 정도 기다려야 돼요?

中音 喔呢 中投 可衣答溜呀 腿呦

羅馬拼音 o*.neu/jo*ng.do/gi.da.ryo*.ya/dwe*.yo

中譯 大概要等多久呢？

菜韓文 生活會話篇

MP3 Track 339

韓文 병원이 어딥니까?

中音 匹呦我你 喔頂你嘎

馬拼音 byo*ng.wo.ni/o*.dim.ni.ga

中譯 醫院在哪裡？

MP3 Track 340

韓文 지갑을 도난 당했어요.

中音 幾卡兒 頭男 糖黑搜呦

馬拼音 ji.ga.beul/do.nan/dang.he*.sso*.yo

中譯 我皮包被偷了。

MP3 Track 341

韓文 부상을 당했어요.

中音 鋪商兒 糖黑搜呦

馬拼音 bu.sang.eul/dang.he*.sso*.yo

中譯 我受傷了。

MP3 Track 342

韓文 같이 사진을 찍어도 될까요?

中音 可器 沙金兒 基溝豆 腿兒嘎呦

馬拼音 ga.chi/sa.ji.neul/jji.go*.do/dwel.ga.yo

中譯 可以一起拍照嗎？

MP3 Track 343

韓文 몇 시까지 개장하나요?

中音 謬 西嘎基 K張哈那呦

馬拼音 myo*t/si.ga.ji/ge*.jang.ha.na.yo

中譯 幾點開始營業呢？

MP3 Track 344

韓文 이곳이 마음에 들어요?

中音 衣狗西 馬恩妹 特囉呦

馬拼音 i.go.si/ma.eu.me/deu.ro*.yo

中譯 你喜歡這裡嗎？

韓文 잘 지내세요.

中音 插兒 機內誰呦

羅馬拼音 jal/jji.ne*.se.yo

中譯 保重。

韓文 저는 김영은이라고 합니다.

中音 醜能 可衣恩勇恩衣拉溝 憨你答

羅馬拼音 jo*.neun/gi.myo*ng.eu.ni.ra.go/ham.ni.da

中譯 我名叫金英恩。

韓文 앞으로 잘 부탁드립니다.

中音 啊波囉 插兒 鋪他特林你答

羅馬拼音 a.peu.ro/jal/bu.tak.deu.rim.ni.da

中譯 往後請多多指教。

韓文 이건 제 명함입니다.

中音 依恐 賊 謬憨敏你答

羅馬拼音 i.go*n/je/myo*ng.ha.mim.ni.da

中譯 這是我的名片。

韓文 한국에 온 지 반년이 됐습니다.

中音 憨估給 翁恩 基 盤妞你 退森你答

羅馬拼音 han.gu.ge/on/ji/ban.nyo*.ni/dwe*t.sseum.ni.da

中譯 我來韓國已經半年了。

韓文 저는 일하러 여기에 왔습니다.

中音 醜能 衣拉囉 呦可衣耶 哇森你答

羅馬拼音 jo*.neun/il.ha.ro*/yo*.gi.e/wat.sseum.ni.da

中譯 我來這裡工作的。

MP3 Track 351

韓文 저희 집은 대가족입니다.

中音 醜西 幾奔 貼卡走可影你答

馬拼音 jo*.hi/ji.beun/de*.ga.jo.gim.ni.da

中譯 **我家是個大家族。**

MP3 Track 352

韓文 전 아직 독신입니다.

中音 重 啊寄 透新您你答

馬拼音 jo*n/a.jik/dok.ssi.nim.ni.da

中譯 **我還是單身。**

MP3 Track 353

韓文 연락드릴게요.

中音 勇拉特里兒給呦

馬拼音 yo*l.lak.deu.ril.ge.yo

中譯 **我會連絡你。**

MP3 Track 354

韓文 종이 봉투 좀 주시겠어요?

中音 宗衣 朋兔 綜 組西給搜呦

馬拼音 jong.i/bong.tu/jom/ju.si.ge.sso*.yo

中譯 **可以給我個紙袋嗎?**

MP3 Track 355

韓文 생일은 언제입니까?

中音 先依愣 翁賊影你嘎

馬拼音 se*ng.i.reun/o*n.je.im.ni.ga

中譯 **生日是什麼時候?**

MP3 Track 356

韓文 어떤 지역에 살고 싶으세요?

中音 喔東 幾又給 沙兒溝 西波誰呦

馬拼音 o*.do*n/ji.yo*.ge/sal.go/si.peu.se.yo

中譯 **您想住在哪個地區?**

韓文 임대료는 얼마예요?

中音 銀貼溜能 喔兒馬耶呦

羅馬拼音 im.de*.ryo.neun/o*l.ma.ye.yo

中譯 租金是多少？

韓文 근처에 공원이 있나요?

中音 坑醜耶 空我你 衣那呦

羅馬拼音 geun.cho*.e/gong.wo.ni/in.na.yo

中譯 附近有公園嗎？

韓文 운전할 줄 알아요?

中音 溫宗哈兒 租兒 阿拉呦

羅馬拼音 un.jo*n.hal/jjul/a.ra.yo

中譯 你會開車嗎？

韓文 운전 면허증이 있으세요?

中音 溫宗 謬齁曾衣 衣思誰呦

羅馬拼音 un.jo*n/myo*n.ho*.jeung.i/i.sseu.se.yo

中譯 你有駕駛執照嗎？

韓文 여기 지하철역이 없나요?

中音 呦可衣 基哈醜六可衣 喔那呦

羅馬拼音 yo*.gi/ji.ha.cho*.ryo*.gi/o*m.na.yo

中譯 這裡有地鐵站嗎？

韓文 지하철 노선도를 주십시오.

中音 基哈醜兒 樓鬆偷惹 組西不休

羅馬拼音 ji.ha.cho*l/no.so*n.do.reul/jju.sip.ssi.o

中譯 請給我地鐵路線圖。

MP3 Track 363

韓文 이곳이 갈아타는 곳입니까?

中音 衣狗西 卡拉他能 狗新你嘎

羅馬拼音 i.go.si/ga.ra.ta.neun/go.sim.ni.ga

中譯 這裡是換乘的地方嗎？

MP3 Track 364

韓文 1번 출구는 어디입니까?

中音 衣兒崩 出兒估能 喔滴影你嘎

羅馬拼音 il.bo*n/chul.gu.neun/o*.di.im.ni.ga

中譯 一號出口在哪裡？

MP3 Track 365

韓文 기차표를 어디서 사야 하나요?

中音 可衣插匹呦惹 喔滴搜 沙呀 哈那呦

羅馬拼音 gi.cha.pyo.reul/o*.di.so*/sa.ya/ha.na.yo

中譯 火車票在哪買呢？

MP3 Track 366

韓文 매표소는 어디에 있습니까?

中音 妹匹呦搜能 喔滴耶 依森你嘎

羅馬拼音 me*.pyo.so.neun/o*.di.e/it.sseum.ni.ga

中譯 售票口在哪裡？

MP3 Track 367

韓文 기차역에 가려면 어떻게 해야되죠?

中音 可衣插呦給 卡溜謬 喔都K 黑呀腿救

羅馬拼音 gi.cha.yo*.ge/ga.ryo*.myo*n/o*.do*.ke/he*.ya.dwe.jyo

中譯 如果想要去火車站，該怎麼去呢？

MP3 Track 368

韓文 저 건물 앞에서 세워 주세요.

中音 醜 恐木兒 啊配搜 誰我 組誰呦

羅馬拼音 jo*.go*n.mul/a.pe.so*/se.wo/ju.se.yo

中譯 請在那棟建築物前停車。

韓文 아저씨, 여기서 내려 주세요.

中音 啊走西 呦可衣搜 累溜 組誰呦

羅馬拼音 a.jo*.ssi//yo*.gi.so*/ne*.ryo*/ju.se.yo

中譯 大叔,我要在這裡下車。

韓文 저기요. 택시를 좀 불러 주시겠습니까?

中音 醜可衣呦 貼西惹 綜 鋪兒囉 組西給森你嘎

羅馬拼音 jo*.gi.yo//te*k.ssi.reul/jjom/bul.lo*/ju.si.get.sseum.nl.ga

中譯 先生(小姐),可以幫我叫計程車嗎?

韓文 거기까지 가려면 얼마나 걸려요?

中音 口可衣嘎幾 卡溜謬 喔兒媽那 口兒溜呦

羅馬拼音 go*.gi.ga.ji/ga.ryo*.myo*n/o*l.ma.na/go*l.lyo*.yo

中譯 去那裡要花多久的時間呢?

韓文 계속 직진해 주세요.

中音 K嗽 幾金黑 組誰呦

羅馬拼音 gye.sok/jik.jjin.he*/ju.se.yo

中譯 請繼續前進。

韓文 지하철 표는 어디서 살 수 있나요?

中音 幾哈醜兒 匹呦能 喔滴搜 沙兒 書 衣那呦

羅馬拼音 ji.ha.cho*l/pyo.neun/o*.di.so*/sal/ssu/in.na.yo

中譯 地鐵票要在哪裡買呢?

韓文 몇 호선을 타야 합니까?

中音 謬 齁松呢 他呀 憨你嘎

羅馬拼音 myo*t/ho.so*.neul/ta.ya/ham.ni.ga

中譯 該搭幾號線呢?

MP3 Track 375

韓文 버스터미널은 어디에 있습니까?

中音 播思偷咪樓愣 喔森滴耶 依森你嘎

羅馬拼音 bo*.seu.to*.mi.no*.reun/o*.di.e/it.sseum.ni.ga

中譯 公車站在哪裡?

MP3 Track 376

韓文 이 버스는 시내에 갑니까?

中音 衣 播思能 西內耶 砍你嘎

羅馬拼音 i/bo*.seu.neun/si.ne*.e/gam.ni.ga

中譯 這公車會到市區嗎?

MP3 Track 377

韓文 시청으로 가는 버스가 있습니까?

中音 西蔥噁囉 卡能 播思嘎 依森你嘎

羅馬拼音 si.cho*ng.eu.ro/ga.neun/bo*.seu.ga/it.sseum.ni.ga

中譯 有去市政廳的公車嗎?

MP3 Track 378

韓文 버스 노선 안내도 있습니까?

中音 播思 樓松 安內投 依森你嘎

羅馬拼音 bo*.seu/no.so*n/an.ne*.do/it.sseum.ni.ga

中譯 有公車路線圖嗎?

MP3 Track 379

韓文 잠깐 여기에 주차해도 될까요?

中音 殘乾 呦可衣耶 組插黑都 腿兒嘎呦

羅馬拼音 jam.gan/yo*.gi.e/ju.cha.he*.do/dwel.ga.yo

中譯 車子可以暫時停在這裡一下嗎?

MP3 Track 380

韓文 어느 버스를 타야 합니까?

中音 喔呢 播思惹 踏呀 憨你嘎

羅馬拼音 o*.neu/bo*.seu.reul/ta.ya/ham.ni.ga

中譯 我該搭哪台公車?

韓文 다음 정류장은 어디입니까?

中音 塔恩 寵溜張恩 喔滴影你嘎

羅馬拼音 da.eum/jo*ng.nyu.jang.eun/o*.di.im.ni.ga

中譯 下一站是哪裡？

韓文 기름을 가득 채워 주세요.

中音 可衣冷悶 卡特 疵耶我 組誰呦

羅馬拼音 gi.reu.meul/ga.deuk/che*.wo/ju.se.yo

中譯 幫我把油加滿。

韓文 여기서 멉니까?

中音 呦可衣搜 摸你嘎

羅馬拼音 yo*.gi.so*/mo*m.ni.ga

中譯 離這裡遠嗎？

韓文 여기서 가깝습니까?

中音 呦可衣搜 卡嘎森你嘎

羅馬拼音 yo*.gi.so*/ga.gap.sseum.ni.ga

中譯 離這裡很近嗎？

韓文 대구행 기차 있습니까?

中音 貼估黑恩 可衣插 依森你嘎

羅馬拼音 de*.gu.he*ng/gi.cha/it.sseum.ni.ga

中譯 有前往大邱的列車嗎？

韓文 근처에 경찰서가 있습니까?

中音 坑抽耶 可呦恩插兒搜嘎 依森你嘎

羅馬拼音 geun.cho*.e/gyo*ng.chal.sso*.ga/it.sseum.ni.ga

中譯 這附近有警察局嗎？

MP3 Track 387

韓文 인천공항까지 갑니다.

中音 銀蔥空敲嘎幾 砍你答

羅馬拼音 in.cho*n.gong.hang.ga.ji/gam.ni.da

中譯 我要去仁川機場。

MP3 Track 388

韓文 편도는 얼마예요?

中音 匹翁斗能 喔兒媽耶呦

羅馬拼音 pyo*n.do.neun/o*l.ma.ye.yo

中譯 單程票多少錢？

MP3 Track 389

韓文 왕복표는 얼마예요?

中音 王播匹呦能 喔兒媽耶呦

羅馬拼音 wang.bok.pyo.neun/o*l.ma.ye.yo

中譯 往返票多少錢？

MP3 Track 390

韓文 저는 대학생이 아닙니다.

中音 醜能 貼哈先衣 啊您你答

羅馬拼音 jo*.neun/de*.hak.sse*ng.i/a.nim.ni.da

中譯 我不是大學生。

MP3 Track 391

韓文 그는 제 오빠예요.

中音 可能 賊 喔爸耶呦

羅馬拼音 geu.neun/je/o.ba.ye.yo

中譯 他是我哥哥。

MP3 Track 392

韓文 이따가 학교에 가요.

中音 衣答嘎 哈個呦耶 卡呦

羅馬拼音 i.da.ga/hak.gyo.e/ga.yo

中譯 待會要去學校。

韓文 그것은 내 책이에요.

中音 可狗神 內 疵呦可衣耶呦

羅馬拼音 geu.go*.seun/ne*/che*.gi.e.yo

中譯 那是我的書。

韓文 그녀는 동해 씨의 동생이에요.

中音 可妞能 同黑 西耶 同先衣耶呦

羅馬拼音 geu.nyo*.neun/dong.he*/ssi.ui/dong.se*ng.i.e.yo

中譯 她是東海的妹妹。

韓文 그 사람은 누구예요?

中音 科 沙郎悶 努估耶呦

羅馬拼音 geu/sa.ra.meun/nu.gu.ye.yo

中譯 那個人是誰?

韓文 저는 농구를 좋아해요.

中音 醜能 農估惹 醜阿黑呦

羅馬拼音 jo*.neun/nong.gu.reul/jjo.a.he*.yo

中譯 我喜歡打籃球。

韓文 누굴 만나요?

中音 奴估兒 蠻那呦

羅馬拼音 nu.gul/man.na.yo

中譯 和誰見面呢?

韓文 사람이 몇 명 있어요?

中音 沙郎咪 謬 謬 衣搜呦

羅馬拼音 sa.ra.mi/myo*t/myo*ng/i.sso*.yo

中譯 有幾個人?

MP3 Track 399

韓文 아이스 커피가 얼마예요?

中音 啊衣思 口匹嘎 喔兒媽耶呦

羅馬拼音 a.i.seu/ko*.pi.ga/o*l.ma.ye.yo

中譯 **冰咖啡多少錢？**

MP3 Track 400

韓文 저는 돈이 없어요.

中音 醜能 同你 喔搜呦

羅馬拼音 jo*.neun/do.ni/o*p.sso*.yo

中譯 **我沒有錢。**

MP3 Track 401

韓文 내일 몇 시에 학교에 가요?

中音 類衣兒 謬 西耶 哈個呦耶 卡呦

羅馬拼音 ne*.il/myo*t/si.e/hak.gyo.e/ga.yo

中譯 **明天幾點去學校？**

MP3 Track 402

韓文 방학이 언제예요?

中音 旁哈可衣 翁賊耶呦

羅馬拼音 bang.ha.gi/o*n.je.ye.yo

中譯 **什麼時候放假？**

MP3 Track 403

韓文 어제 뭘 했어요?

中音 喔賊 摸兒 黑搜呦

羅馬拼音 o*.je/mwol/he*.sso*.yo

中譯 **你昨天做了什麼事？**

MP3 Track 404

韓文 주말에 등산을 갈 거예요.

中音 祖媽類 登山呢 卡兒 溝耶呦

羅馬拼音 ju.ma.re/deung.sa.neul/gal/go*.ye.yo

中譯 **周末會去爬山。**

韓文 동생은 자고 있어요.

中音 同先恩 插溝 衣搜呦

羅馬拼音 dong.se*ng.eun/ja.go/i.sso*.yo

中譯 弟弟（妹妹）在睡覺。

韓文 왜 전화를 받지 않았어요?

中音 為 重花惹 怕基 安那搜呦

羅馬拼音 we*/jo*n.hwa.reul/bat.jji/a.na.sso*.yo

中譯 為什麼不接電話？

韓文 옆에 계시는 분이 누구예요?

中音 呦配 K西能 布你 努估耶呦

羅馬拼音 yo*.pe/gye.si.neun/bu.ni/nu.gu.ye.yo

中譯 在你旁邊的人是誰？

韓文 어디서 한국어를 배웠어요?

中音 喔滴搜 憨估狗惹 配我搜呦

羅馬拼音 o*.di.so*/han.gu.go*.reul/be*.wo.sso*.yo

中譯 你在哪裡學韓文的？

韓文 집에서 여기까지 시간이 얼마나 걸려요?

中音 幾杯搜 呦可衣嘎基 西乾你 喔媽那 口兒溜呦

羅馬拼音 ji.be.so*/yo*.gi.ga.ji/si.ga.ni/o*l.ma.na/go*l.lyo*.yo

中譯 從你家到這裡要花多久時間？

韓文 나도 같이 갈 거예요.

中音 那豆 卡器 卡兒 溝耶呦

羅馬拼音 na.do/ga.chi/gal/go*.ye.yo

中譯 我也要一起去。

MP3 Track 411

韓文 오늘 목도리만 샀어요.

中音 喔呢 末偷里蠻 沙搜呦

羅馬拼音 o.neul/mok.do.ri.man/sa.sso*.yo

中譯 **今天只買了圍巾。**

MP3 Track 412

韓文 지하철로 가는 것이 제일 빨라요.

中音 機哈醜兒囉 卡能 狗西 賊衣兒 爸拉呦

羅馬拼音 ji.ha.cho*l.lo/ga.neun/go*.si/je.il/bal.la.yo

中譯 **搭地鐵去最快。**

MP3 Track 413

韓文 나는 소고기를 안 먹어요.

中音 那能 搜溝可衣惹 安 摸狗呦

羅馬拼音 na.neun/so.go.gi.reul/an/mo*.go*.yo

中譯 **我不吃牛肉。**

MP3 Track 414

韓文 저는 요리를 잘 못해요.

中音 醜能 呦里惹 插兒 摸貼呦

羅馬拼音 jo*.neun/yo.ri.reul/jjal/mo.te*.yo

中譯 **我不太會做菜。**

MP3 Track 415

韓文 저는 공부를 잘 해요.

中音 醜能 空不惹 插兒 黑呦

羅馬拼音 jo*.neun/gong.bu.reul/jjal/he*.yo

中譯 **我很會讀書。**

MP3 Track 416

韓文 어느 학교에 다니세요?

中音 喔呢 哈個呦耶 塔你誰呦

羅馬拼音 o*.neu/hak.gyo.e/da.ni.se.yo

中譯 **你就讀哪所學校呢？**

韓文 정말 안 갈 거예요?

中音 寵媽兒 安 卡兒狗耶呦

羅馬拼音 jo*ng.mal/an/gal/go*.ye.yo

中譯 你真的不去嗎？

韓文 저는 잠꼬대를 가끔 해요.

中音 醜能 禪溝貼惹 卡跟 黑呦

羅馬拼音 jo*.neun/jam.go.de*.reul/ga.geum/he*.yo

中譯 我偶爾會說夢話。

韓文 전 오늘 밤을 세워야 해요.

中音 重 喔呢 棒悶 誰我呀 黑呦

羅馬拼音 jo*n/o.neul/ba.meul/sse.wo.ya/he*.yo

中譯 我今天必須要熬夜。

韓文 배를 타면 멀미를 해요.

中音 配惹 他謬 摸兒咪惹 黑呦

羅馬拼音 be*.reul/ta.myo*n/mo*l.mi.reul/he*.yo

中譯 我搭船就會暈船。

韓文 천천히 해요. 서두를 필요 없어요.

中音 匆匆西 黑呦 搜禿惹 批溜 喔搜呦

羅馬拼音 cho*n.cho*n.hi/he*.yo//so*.du.reul/pi.ryo/o*p.sso*.yo

中譯 慢慢來，不用急。

韓文 나랑 잠시 얘기 좀 해요.

中音 那郎 禪西 耶可衣 綜 黑呦

羅馬拼音 na.rang/jam.si/ye*.gi/jom/he*.yo

中譯 和我聊聊。

MP3 Track 423

韓文 그는 운전을 아주 조심스럽게 해요.

中音 可能 溫宗呢 啊租 寵新思囉給 黑呦

馬拼音 geu.neun/un.jo*.neul/a.ju/jo.sim.seu.ro*p.ge/he*.yo

中譯 他開車很小心。

MP3 Track 424

韓文 손조심 해요!

中音 松醜新 黑呦

馬拼音 son.jo.sim/he*.yo

中譯 小心你的手！

MP3 Track 425

韓文 실례해요. 전 가야 해요.

中音 西兒淚黑呦 重 卡呀黑呦

馬拼音 sil.lye.he*.yo//jo*n/ga.ya/he*.yo

中譯 抱歉，我該走了。

MP3 Track 426

韓文 체중을 줄어야 해요.

中音 疵耶尊兒 處溜呀 黑呦

馬拼音 che.jung.eul/jju.ryo*.ya/he*.yo

中譯 該減重了。

MP3 Track 427

韓文 계산 어디서 해요?

中音 K山 喔滴搜 黑呦

馬拼音 gye.san/o*.di.so*/he*.yo

中譯 在哪裡結帳？

MP3 Track 428

韓文 택시를 부르려고 해요.

中音 貼西惹 鋪了溜溝 黑呦

馬拼音 te*k.ssi.reul/bu.reu.ryo*.go/he*.yo

中譯 我想叫輛計程車。

韓文 저는 당신과 데이트를 하려고 해요.

中音 醜能 糖新刮 貼衣特惹 哈溜溝 黑呦

羅馬拼音 jo*.neun/dang.sin.gwa/de.i.teu.reul/ha.ryo*.go/he*.yo

中譯 我想要和你約會。

韓文 꼭 금방 오셔야 해요, 예?

中音 固 跟幫 喔休呀 黑呦 耶

羅馬拼音 gok/geum.bang/o.syo*.ya/he*.yo,/ye

中譯 你一定要馬上來，知道嗎？

韓文 예를 하나 들어주시겠어요?

中音 耶惹 哈那 特囉組西給搜衣呦

羅馬拼音 ye.reul/ha.na/deu.ro*.ju.si.ge.sso*.yo

中譯 你可以舉個例子嗎？

韓文 어느 팀이 먼저 시작할까요?

中音 喔呢 梯咪 盟奏 西渣卡兒嘎呦

羅馬拼音 o*.neu/ti.mi/mo*n.jo*/si.ja.kal.ga.yo

中譯 哪一隊先開始呢？

韓文 교실에 있어도 돼요? 배가 너무 아파서요.

中音 可呦西類 衣搜豆 腿呦 配卡 樓木 阿怕搜呦

羅馬拼音 gyo.si.re/i.sso*.do/dwe*.yo//be*.ga/no*.mu/a.pa.so*.yo

中譯 我可以待在教室嗎？因為我肚子很痛。

韓文 이제 곧 여름 방학이다.

中音 衣賊 口 呦冷 旁哈可衣答

羅馬拼音 i.je/got/yo*.reum/bang.ha.gi.da

中譯 馬上就要放暑假了。

340

MP3 Track 435

韓文 서울대학교가 제 모교입니다.

中音 搜烏兒貼哈可呦嘎 賊 摸可呦影你答

羅馬拼音 so*.ul.de*.hak.gyo.ga/je/mo.gyo.im.ni.da

中譯 **首爾大學是我的母校。**

MP3 Track 436

韓文 그게 어느 쪽입니까?

中音 可給 喔呢 走可影你答

羅馬拼音 geu.ge/o*.neu/jjok.im.ni.ga

中譯 **那是哪一邊?**

MP3 Track 437

韓文 저는 비 오는 날이 싫어요.

中音 醜能 匹 喔能 那里 西囉呦

羅馬拼音 jo*.neun/bi/o.neun/na.ri/si.ro*.yo

中譯 **我討厭下雨天。**

MP3 Track 438

韓文 이 의자에 앉으세요.

中音 衣 嗯衣炸耶 安資誰呦

羅馬拼音 i/ui.ja.e/an.jeu.se.yo

中譯 **請坐在這個椅子上。**

MP3 Track 439

韓文 어떤 일을 하고 싶나요?

中音 喔東 衣惹 哈溝 西那呦

羅馬拼音 o*.do*n/i.reul/ha.go/sim.na.yo

中譯 **你想做什麼工作?**

MP3 Track 440

韓文 저는 그런 것에 신경 쓰지 않아요.

中音 醜能 可囉 狗誰 新可呦 思基 安那呦

羅馬拼音 jo*.neun/geu.ro*n/go*.se/sin.gyo*ng/sseu.ji/a.na.yo

中譯 **我不在乎這種事。**

漢字音數字：

일	이	삼	사	오
衣兒	衣	三	沙	喔
il	i	sam	sa	o
1	2	3	4	5
육	**칠**	**팔**	**구**	**십**
U	妻兒	趴兒	哭	系
yuk	chil	pal	gu	sip
6	7	8	9	10
십일	**십이**	**이십**	**삼십**	**사십**
西逼兒	西逼	衣系	三系	沙系
si.bil	si.bi	i.sip	sam.sip	sa.sip
11	12	20	30	40
오십	**육십**	**칠십**	**팔십**	**구십**
喔系	U系	妻兒系	趴兒系	哭系
o.sip	yuk.ssip	chil.sip	pal.ssip	gu.sip
50	60	70	80	90
백	**천**	**만**	**십만**	**백만**
胚	蔥	慢	系慢	胚慢
be*k	cho*n	man	sim.man	be*ng.man
百	千	萬	十萬	百萬
천만	**억**	**조**	**영**	**공**
蔥慢	歐	臭	用	空
cho*n.man	o*k	jo	yo*ng	gong
千萬	億	兆	零	零

342

純韓文數字：

하나	둘	셋	넷	다섯
哈那	兔兒	誰	勒	他搜
ha.na	dul	set	net	a.so*t
1	2	3	4	5
여섯	일곱	여덟	아홉	열
呦搜	衣兒狗	呦都	阿厚	呦兒
yo*.so*t	il.gop	yo*.do*l	a.hop	yo*l
6	7	8	9	10
열하나	스물	서른	마흔	쉰
呦拉那	思木兒	搜冷	馬狠	噓
yo*l.ha. na	seu.mul	so*.reun	ma.heun	swin
11	20	30	40	50
예순	일흔	여든	아흔	백
耶順	衣冷	呦登	阿狠	胚
ye.sun	il.heun	yo*.deun	a.heun	be*k
60	70	80	90	100

時間：

한 시	두 시	세 시	네 시
憨西	禿西	誰西	勒西
han/si	du/si	se/si	ne/si
一點	兩點	三點	四點
다섯 시	여섯 시	일곱 시	여덟 시
他搜西	呦搜西	衣兒狗西	呦都西
da.so*t/si	yo*.so*t/si	il.gop/si	yo*.do*l/si
五點	六點	七點	八點
아홉 시	열 시	열한 시	열두 시
阿齁西	呦兒西	呦郎西	呦兒禿西
a.hop/si	yo*l/si	yo*l.han/si	yo*l.du/si
九點	十點	十一點	十二點
오분	삼십분	사십오분	세시반
喔布	三西布	沙西喔布	誰西判
o.bun	sam.sip.	sa.si.	se.si.ban
五分	bun	bo.bun	三點半
	三十分	四十五分	

星期 :

월요일	화요일	수요일	목요일
我呦衣兒	花呦衣兒	蘇呦衣兒	末可呦衣兒
wo.ryo.il	hwa.yo.il	su.yo.il	mo.gyo.il
星期一	**星期二**	**星期三**	**星期四**
금요일	토요일	일요일	요일
可謬衣兒	偸呦衣兒	衣溜衣兒	呦衣兒
geu.myo.il	to.yo.il	i.ryo.il	yo.il
星期五	**星期六**	**星期日**	**星期**

月份：

일월	이월	삼월	사월
衣裸兒	衣我兒	三我兒	砂我兒
i.rwol	i.wol	sa.mwol	sa.wol
1月	2月	3月	4月
오월	유월	칠월	팔월
喔我兒	U我兒	妻裸兒	趴裸兒
o.wol	yu.wol	chi.rwol	pa.rwol
5月	6月	7月	8月
구월	시월	십일월	십이월
哭我兒	西我兒	西逼裸兒	西逼我兒
gu.wol	si.wol	si.bi.rwol	si.bi.wol
9月	10月	11月	12月

日期：

일일	이일	삼일	사일	오일
衣里兒	衣衣兒	沙米兒	沙衣兒	喔衣兒
i.ril	i.il	sa.mil	sa.il	o.il
1日	2日	3日	4日	5日
육일	**칠일**	**팔일**	**구일**	**십일**
U基兒	妻里兒	趴里兒	哭衣兒	西逼兒
yu.gil	chi.ril	pa.ril	gu.il	si.bil
6日	7日	8日	9日	10日
십일일	**십이일**	**십삼일**	**십사일**	**십오일**
西逼里兒	西逼衣兒	西沙米兒	西沙衣兒	西播衣兒
si.bi.ril	si.bi.il	sip.ssa.mil	sip.ssa.il	si.bo.il
11日	12日	13日	14日	15日
십육일	**십칠일**	**십팔일**	**십구일**	**이십일**
西U基兒	西妻里兒	西趴里兒	西哭衣兒	衣西逼兒
si.byu.gil	sip.chi.ril	sip.pa.ril	sip.gu.il	i.si.bil
16日	17日	18日	19日	20日
이십일일	**이십이일**	**이십삼일**	**이십사일**	**이십오일**
衣西逼里兒	衣西逼衣兒	衣西沙米兒	衣西沙衣兒	衣西播衣兒
i.si.bi.ril	i.si.bi.il	i.sip.ssa.mil	i.sip.ssa.il	i.si.bo.il
21日	22日	23日	24日	25日
이십육일	**이십칠일**	**이십팔일**	**이십구일**	**삼십일**
衣西U基兒	衣西妻里兒	衣西趴里兒	衣西哭衣兒	三西逼兒
i.si.byu.gil	i.sip.chi.ril	i.sip.pa.ril	i.sip.gu.il	sam. si.bil
26日	27日	28日	29日	30日

國家圖書館出版品預行編目資料

我的菜韓文　生活會話篇 / 雅典韓研所企編. -- 初版
　　-- 新北市：雅典文化，民101.06
　　面；　　公分. -- (全民學韓語；7)
　　ISBN 978-986-6282-62-1(平裝附光碟片)

　　　1. 韓語 2. 會話

　　803.288　　　　　　　　　　　　101006753

全民學韓語系列　07

我的菜韓文-生活會話篇

編著／雅典韓研所企編
責編／呂欣穎
美術編輯／翁敏貴
封面設計／劉逸芹

法律顧問：方圓法律事務所／涂成樞律師

總經銷：永續圖書有限公司　　　CVS代理／美璟文化有限公司
永續圖書線上購物網　　　　　　TEL：(02) 2723-9968
www.foreverbooks.com.tw　　　FAX：(02) 2723-9668

出版日／2012年06月

雅典文化

出版社　22103　新北市汐止區大同路三段194號9樓之1
　　　　TEL　(02) 8647-3663
　　　　FAX　(02) 8647-3660

我的菜韓文-生活會話篇

雅致風靡　典藏文化

親愛的顧客您好，感謝您購買這本書。

為了提供您更好的服務品質，煩請填寫下列回函資料，您的支持
是我們最大的動力。

您可以選擇傳真、掃描或用本公司準備的免郵回函寄回，謝謝。

姓名：		性別：	□男　□女
出生日期：　年　　月　　日		電話：	
學歷：		職業：	□男　□女
E-mail：			
地址：□□□			
從何得知本書消息：□逛書店 □朋友推薦 □DM廣告 □網路雜誌			
購買本書動機：□封面 □書名 □排版 □內容 □價錢便宜			
你對本書的意見： 內容：□滿意□尚可□待改進　　編輯：□滿意□尚可□待改進 封面：□滿意□尚可□待改進　　定價：□滿意□尚可□待改進			
其他建議：			

總經銷：永續圖書有限公司

永續圖書線上購物網
www.foreverbooks.com.tw

您可以使用以下方式將回函寄回。

您的回覆，是我們進步的最大動力，謝謝。

① 使用本公司準備的免郵回函寄回。

② 傳真電話：（02）8647-3660

③ 掃描圖檔寄到電子信箱：

yungjiug@ms45.hinet.net

沿此線對折後寄回，謝謝。

221-03

 雅典文化事業有限公司　收
新北市汐止區大同路三段194號9樓之1

雅致風靡　典藏文化